# 나는
# 춤추는
# 몸치
# 입니다

# 나는 춤추는 몸치입니다

강민영 지음

도서출판 잇다름

# 차례

1부

프롤로그 내가 춤을 추게 될 줄이야 009
넌 춤이 뭐라고 생각해? 013
밑바닥부터 배운다는 것 020
할 만해요? 할 만해진 질문 027
우리 집 노란 샤스 사나이 032
나는 거울이 제일 무서웠어 037
버려야 할 욕심과 내야 할 욕심 043
진심과 대충 053
여섯 살 아이가 알려준 춤 잘 추는 법 세 가지 057

2부

저글링 하듯 더 재미있게 사는 법 066
춤추는 네가 사랑스러워 보이는 법 070
몸치가 어쩌다 춤을 추게 되었나 076
벌써 권태기? 뭐 했다고 슬럼프? 081
즐거움, 당신 안에 이미 있는 것 088
춤추고 싶은데 어떻게 시작하면 돼요? 093

초보가 알려주는 춤추는 법 다섯 가지 098
될 때까지 파자! 안 되는 동작 연습하는 법 104
동작의 앞뒤를 잘 연결하려면 109
메이트가 있어서 다행이야 113
왜! 뭐가! 어때서! 119

3부

댄스 왕왕초보가 왕초보로 진화하는 확실한 방법 126
동영상 촬영의 장점 세 가지 132
나가 보자, 스트리트 댄스 콘테스트! 139
나는 내 갈 길, 당신은 당신 갈 길 147
용기 너머 사랑이었다 152
춤과 자신감 간의 상관관계 158
막춤과 프리스타일의 차이 163
대체 잘한다는 게 뭘까? 167
사랑하는 마음을 잃지 않는 법 174
몸치가 리더인 댄스팀 업앤업 180
에필로그 그거 알아? 세상에 몸치는 없대 195

# 1부

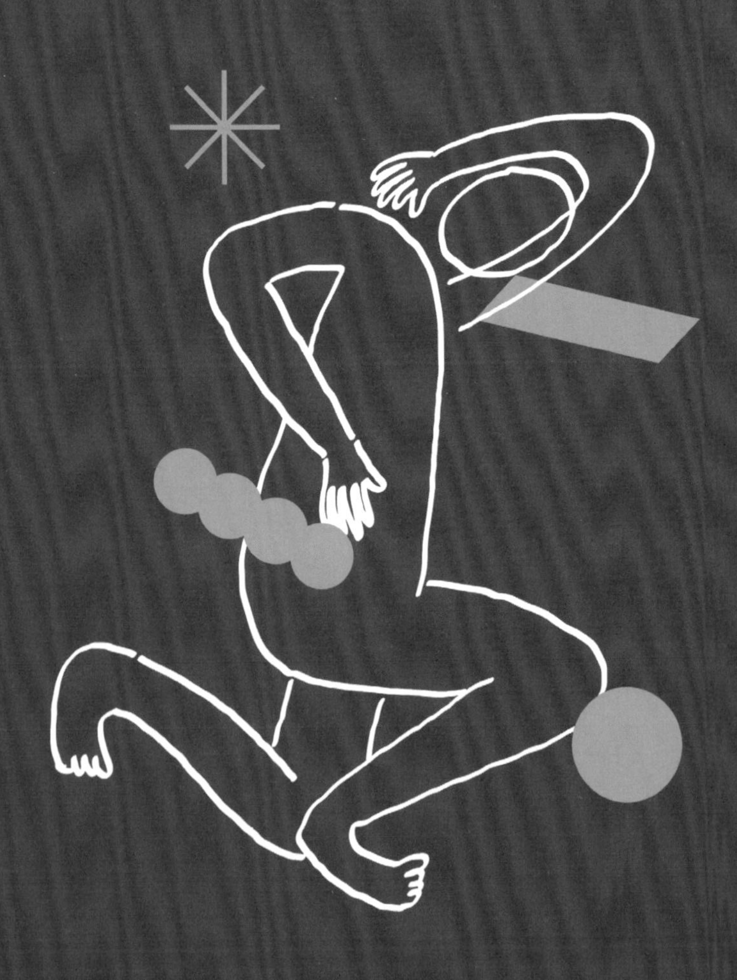

프롤로그

# 내가 춤을 추게 될 줄이야

"어떻게 오셨어요?"

노랗게 탈색한 머리를 반만 높이 묶고, 넉넉한 반팔 티셔츠에 운동복 차림을 한 중년 여성이 쑤욱 나타났다. 톤이 높고 힘이 있는 목소리였다.

"저… 춤 배우고 싶어서요."

입은 질문에 답하면서 시선은 선생님의 양팔에 새겨진 긴 레터링 타투에 머물렀다. 선생님의 스타일과 에너지, 첫인상에서 지금까지 만나보지 못했던, 완전히 다른 색이 느껴졌다. 그 새로움이 좋았다. 누가 정했는지도 모르는 내 안의 어떤 고정관념에 조용히 금이 났다. 순간 '인생에 정답 없다.'라는 메시지가 떠올랐다.

학원 비용과 수업 시간, 옷차림 등 궁금했던 것들을 물어본 후 학원에서 나가려는데 선생님이 수업에 한번 참여해볼 것을 권하셨다.

"9시 30분부터 시작하니까 시간이 괜찮으면 오늘부터 운동하고 가세요!"

머뭇거리다 고개를 끄덕였다. 선생님과 두런두런 이야기를 나누고 있으니 회원님들이 하나둘 오셨고, 수업이 시작되었다.

처음이니까 할 수 있는 동작만 흉내 내 보려 했다. 상상 속 나는 분명히 어느 정도 춤 같은 모양새로 움직이고 있었는데, 현실에선 오른쪽과 왼쪽도 겨우 구별하고 있었다. 거울 속 선생님의 모습을 거울 밖에 있는 내가 어떻게 따라 해야 할지 감을 잡는 것부터 문제였다.

*원, 투, 쓰리, 포.*

스텝은 고사하고 손과 발이 어느 방향으로 가야 하는지부터 헷갈렸다. 리듬에 딱딱 맞춰 멋진 동작을 선보이면서 어느새 저쪽에서 새로운 동작을 이어가고 있는 선생님과 다른 분들의 실력에 감탄만 했다.

*파이브, 식스, 세븐, 에잇.*

처음 해보는 움직임을 따라 하느라 정신없이 한 시간이 지나갔다. '내가 과연 춤을 배울 수 있기나 할까?' 같은 의심이 들어올 틈도 없었다. 의심은커녕 잠시 숨 돌릴 여유조차 없었다. 커다란 음악 소리는 심장을 쿵쿵 울렸고, 중간중간 선생님의 힘찬 구령 소리는 조금 더 힘을 짜내게 했으며, 큼직큼직한 춤 동작은 전신운동이 되었다. 이마와 등에 땀이 맺혔다. 아이를 등원시키고 바로 집으로 돌아갔다면 절대 겪지 못했을 일이었다. 송골송골 이마에 맺힌 땀을 스윽 닦는데 '다른 건 모르겠고, 기분 좋음!'이란 생각만 남아 있었다. 마음 깊은 곳에서 강력한 신호가 왔다. '여기라고! 이걸 하라고!' 내 느낌을 믿으니, 의지는 저절로 세워졌다.

그렇게 학원에 한 번 다녀온 뒤, 평일 오전에 하던 일들을 정리했다. 일주일 뒤, 운동화를 들고 다시 학원에 갔다. 수업료를 결제하고 정식으로 등록했다. 두 번째 수업이 끝나고 함께한 회원님들께 나이와 이름으로 자기소개를 했더니, 선생님은 "민영 씨가 막내네! 다 언니라고 부르면 돼." 심플하게 말씀하셨다. '이 나이에 막내라니, 다행이다!' 잘하지 못해도 괜찮다는 특권을 부여받은 느낌이었다.

그렇게 동네 댄스학원에 내 이름이 붙은 사물함이 생겼다. 내가 춤을 배우게 된 것이다. 순전히 내 마음이 원해서 말이다. 앞으로 이 공간에서 나는 어떤 모습일까.

집으로 돌아가면서 남편에게 연락했다. '자기야, 나 오늘 댄스학원 등록했어. 너무 신나!' 며칠 전까지만 해도 구질구질한 현실에 지쳐 예민하기만 했던 나였는데, 지금은 알 수 없는 기대감에 자꾸만 웃음이 났다.

온전히 내 안에서 흘러나온 이끌림을 선택했다는 게 기뻤다. 그리고 그 선택으로 어떤 변화를 마주하게 될지 두려우면서도 설레었다.

## 넌 춤이 뭐라고 생각해?

춤을 배우지 않았으면 가슴으로 원을 그리듯 돌리는 동작을 시도할 일은 죽을 때까지 절대, 절대, 절대로 없었을 것이다. 뭘 잘못 먹지 않고서야. 한 손으로 배트맨 동작을 취하며 거꾸로 웨이브를 할 일이 있었을까? 절대로!

처음으로 연습을 충분히 했던 곡은 전소미의 '덤덤'이었다. 학원에서 앞부분만 배울 때는 '뿅!' 소리에 맞춰서 양쪽 손으로 브이를 하길래, '귀엽고 상큼한 노래네?' 정도로만 생각했다.

집으로 돌아와 유튜브로 '덤덤'의 안무를 검색해 보고 깜짝 놀랐다. 예상했던 분위기가 아니었다. 뒤쪽으로 갈수록 춤은 요염하고 과감해졌다. 상상조차 해본 적 없는 반전이 있는 곡이었다.

앞으로 겪게 될 험난한 여정의 예고편을 본 듯한 느낌이었다. 가사부터 예사롭지 않다. "머리 꼭대기에서 춤을 춰요. 덤덤!"이라니, 휘파람을 불면서 가슴을 마구 돌리는 전소미를 처음 봤을 때의 충격이 아직도 선명하다.

그러니까… 앞으로 내가 이런 춤을 추게 될 거라고? 웃음이 터져 나왔다. 이걸 흉내나 낼 수 있을까? 내 평생에 해볼 일 없는 동작들만 모아서 종합선물세트로 받은 기분이었다.

동작을 배울 때마다 어색했다. 일단 살면서 단 한 번도 안 해봤고, 신체 부위를 어떻게 움직여야 할지도 전혀 모르기 때문이었다. 하지만 해보지도 않고, '안 해봐서 못 할 거야' 하며 지레 겁먹고 먼저 선을 긋기보다는 기꺼이 그 어색함을 받아들이고 매일 조금씩 균열을 내 보기로 했다. 반복하면 점차 익숙해질 것이고, 처음의 낯섦도 서서히 옅어질 거라고 생각했다.

본격적으로 연습하기 위해 스탠드형 거치대에 아이패드를 고정하고 그 옆에 섰다. 아이패드 화면 속의 전소미는 늘씬한 몸매에 핫팬츠와 크롭티. 거울 속의 나는 작은 키에 헐렁한 반바지와 후줄근한 티셔츠…. 두 눈으로 부지런히 춤을 스캔하고 따라 해 보았지만, 내 동작은 어딘가 이상하고 마음에 안 들었다. '아, 이게 뭐야.' 한숨이 푹 나왔다. 거울 속 나를 보니 어쩔 수 없는 외모와 나이 때문인 것만 같았다. 내 모습을 한참 보다가 지금 당장 바꿀 수 있는 옷이라도 갈아입기로 했다.

바디 프로필을 촬영할 때 한 번 입고 넣어둔 하얀색 크롭티를 찾아냈다. 다시 입을 일이 없을 줄 알았던 옷이었다. 그래도 크롭티를 입으니 홈웨어를 입었을 때보다 훨씬 좋아 보였다. 하의는 진 소재의 핫팬츠를 입었다. '오, 괜찮은데?' 젊어진 느낌이 들었고, 기분이 새로워졌다.

연습할 의욕이 되살아났다. 다시 음악을 재생했다. 옷 덕분일까. 왠지 진짜 실력보다 조금 더 잘하는 것처럼 보였다. 착각이어도 좋았다. 어쨌든 동작을 더 크게 할 수 있는 용기가 생겼기 때문이다.

정장이나 유니폼, 일상복 등. 의상이 가진 에너지를 확실하게 느꼈던 순간이었다. 그 이후로는 비록 방구석에서 춤을 추더라도 무릎이 나온 추리닝이나 낡은 티셔츠를 입고 연습하지 않는다. 그런 옷은 왠지 대충 하게 만드는 것 같았다. 흥도 덜 났고, 같은 동작이어도 그저 그런 모습으로 보였다. 그래서 의욕을 높일 수 있도록 마음에 드는 옷을 입고 연습하기로 했다.

점점 재미를 느끼고 나중에는 크롭티로 변신시킬 만한 티셔츠가 없는지 남편 옷장을 서성이기도 했다.

*

다른 세계를 조우한 것처럼 힘들었지만 전소미의 '덤덤'은 결국 내가 처음으로 익힌 곡이 되었다. 당연히 완벽한 수준은 아니었다. 겨우 몸이 동작을 기억해서 흉내 내는 정도였는데, 그조차도 나에게는 새로운 즐거움을 주었다. 처음 느꼈던 어색함을 반복해 뚫고 나간 보상 같았다.

잘하시는 고수분들 뒤에서 허겁지겁 따라서 추는 것이 아니라 내 몸으로 동작을 익히고 추니까 훨씬 재미있었다. 왜 이렇게 재미있는지, 집에서도 '연습 좀 해볼까?' 하고 혼자 춤추고 놀기 시작하면 두 시간이 금세 지나가곤 했다.

처음에 동작이 미치도록 안 될 때면 내 몸과 머리는 왜 이렇게 느릴까 괴로웠다. 하지만 시간이 지나고 알게 되었다. 그 미숙함이 나중을 위한 필수적인 단계라는 걸! 이제는 딱 한 동작이라도 내 몸이 기억해 준다면 토닥이며 말해 준다.

"오구오구, 이 어려운 걸 외웠네, 대단한데! 잘했어, 너무 잘했어! 조금만 더 해볼까?"

그러면 몸은 신나서 더 잘 기억하려고 노력하는 것 같았다. 갈수록 몸이 나와 별개의 인격체처럼 느껴졌다. 기대한 것만큼 해내지 못한다고 몰아붙이지 않고, 한 스텝이라도 이해하면 아낌없이 칭찬하기 시작한 그때부터 더 즐겁게 춤추고 동작도 잘 기억할 수 있게 되었다.

그렇게 춤에 대한 애정이 더 깊어졌다. '어떻게 하면 춤을 더 재미있게 익힐 수 있을까?' 그런 궁금증이 머릿속에 둥둥 떠다니던 어느 날 새벽이었다. 새롭게 배우기 시작한 곡을 유튜브로 보는데, '춤은 내 몸으로 하는 여행'이라는 깨달음이 찾아왔다. 노래 한 음 한 음마다 짝처럼 이어지는 안무 하나하나가 있다. 초보인 나로서는 그 연결을 몸으로 받아들이고 표현하는 게 모험 같았다. 선생님이 배우게 될 새로운 동작들을 미리 보여주실 때마다, 나는 새로운 모험을 떠날 예감에 두려움을 동반한 호기심을 느끼곤 했다.

몸으로 하는 여행! 새로운 동작을 취할 때마다 생전 있는지도 몰랐던 부위에 근육통이 느껴졌다. 낯선 공간을 둘러볼 때의 어색함이 춤을 배울 때도 느껴졌다. 처음에는 그 느낌을 피하고 싶기도 했지만, 지금은 다르다. 춤을 시작한 지 얼마 되지 않은 나와 같은 초보들은 서툴고 어색할 수밖에 없다는 사실을 받아들이기로 했기 때문이다.

여행할 때 낯선 길이더라도 골목 구석구석까지 가볼수록 추억이 풍성해지는 것처럼, 서툴러도 몸이 안 해 본 여러 가지 동작이 쌓일수록 춤도 일상도 더 재미있어지지 않을까?

'저걸 내가 할 수 있을까? 너무 어려울 것 같은데?' 보기만 해도 두려운 동작들도 기꺼이 시도해보고 싶어졌다.

*

이제 이 년 차에 접어든 지금도 여전히 나는 가슴 아이솔레이션이 되지 않는다. (아이솔레이션 isolation은 고립, 분리, 격리라는 뜻으로, 춤에서는 신체 한 부분만 분리해서 움직이는 동작을 가리킨다) 그렇지만 통나무같이 뻣뻣한 나의 몸과 서툰 동작도 이제는 흥미롭다. 늘 잘 아는 곳만 항상 해왔던 방식으로 다니면 별 감흥 없는 건조한 여행이 된다. 마찬가지로 잘 모르고 잘 안되는 동작을 시도할 때만 느낄 수 있는 재미가 있다는 걸 이제는 안다. 용기를 낸 만큼 즐거움을 느끼고 성장한다는 걸 배웠다.

짐을 싸서 어디론가 떠나지 않아도 지금 내가 있는 곳에서 춤이라는 여행을 즐길 수 있다고 생각하니 행복해진다. 때로는 혼자, 때로는 함께, 나이가 들어도 언제든 여행을 떠날 수 있는 용기를 내고 싶다.

## 밑바닥부터 배운다는 것

나는 밑바닥에서부터 춤을 배우고 있다. 언제쯤 이 바닥을 벗어나 자유롭고 멋지게 춤을 출 수 있게 될까? 이따금 마음만 앞서서 조바심이 들 때면, 유명 화가가 된 조너선 하디스트라는 아티스트가 했던 말을 떠올려 본다.

"무언가를 밑바닥부터 다시 시작한다는 것에 전율을 느낍니다."

평범했던 조너선 하디스트는 회사 업무에 치여 일만 하다 죽는 삶은 원치 않았다. 지질학자가 될까, 음악가가 될까, 조종사가 될까 이것저것 시도하다가 그는 화가가 되기로 결심한다. 여덟 살 이후로는 그림을 그려본 적이 없었지만, 그는 자신과 약속한다. '유명한 화가가 될 때까지 매일 그릴 것'이라고. 그리고 약속대로 매일 그림을 그리고 온라인 사이트에 자신의 그림을 올렸다. 그렇게 십삼 년 뒤! 그는 정말로 유명한 화가가 되었다.

최근에는 이종격투기를 밑바닥부터 배우고 있다고 한다. 멋있는 사람이다.

*

밑바닥부터 다시 시작한다는 것에 대한 전율! 요즘 춤을 배울 때 자주 떠올리는 문장이다. 전율까지는 아니지만, 시작의 흥미로움을 한창 느끼고 있다. 밑바닥에서만 느낄 수 있는 자유로움과 새로운 자극이 좋다.

춤의 밑바닥…. 여기에서 나는 걷는 법부터 다시 배워야 했다.

어느 날 수업 시간, 선생님은 바운스와 리듬을 타면서 걷는 동작을 알려주셨다. 그런데 이게 웬일인가, 모… 못 걷겠다! 다른 사람들은 음악에 맞춰 잘만 걷는데, 나만 혼자 걷지 못하는 이 황당함이란! '분명 두 다리가 있는데 못 걷겠어. 못 걷겠다고! 그동안 대체 어떻게 걸었지? 언제 오른발이 나가고 언제 왼발이 나가지?' 리듬에 맞게 걷겠다고 온 신경을 두 다리에 집중하다 보니 다음 동작 연결에 버퍼링이 걸렸다. 그렇게 잠깐 놓치면 선생님과 다른 회원님들은 어느새 저기까지 가 있었다. '하, 또 난관이다.' 싶었다.

수업이 끝난 후, 선생님은 걷지 못한다는 사실에 충격을 받은 나를 호출하셨다.

"민영아, 이리 와봐. 너 앞에 안 되지?"

걷는 동작이 나오는 구간을 지나갈 때마다 '도대체 어떻게 걸어야 할까?' 고민하던 내 모습이 선생님 눈에도 띄었나 보다.

"걸어봐. 걷듯이 해. 평소대로 걷는 건데 약간의 바운스와 리듬을 타면서 상체를 업! 맞아, 잘했어! 거기에서 이번엔 팔을 이렇게 들어 봐. 오른발에 왼팔, 맞아, 그거야. 잊어버리지 마!"

하지만 몇 번 했다고 금방 익숙해질 리 만무했다. 리듬을 타면서 걸을 때마다 팔까지 올리려니 움직임이 어색해지고 박자가 어긋났다. 음악 없이 걷는 데까지는 겨우겨우 해냈지만, 잊어버리지 말라는 선생님의 당부에는 대답할 수 없었다. 이렇게 따로 알려주셔도 매번 잊어버려 왔기 때문이다. 머뭇거리며 답을 안 했더니 다시 물어보셨다.

"잊어버릴 거야?"

신발을 신고 학원을 나가면서 잊어버릴 예정이었지만, 죄송한 마음에 '아마도요.'라고 눈빛으로 답했다. 선생님은 뭐라 말해야 할까 살짝 고민하시더니,

"괜찮아, 잊어버리면 내일 또 알려 줄게." 하셨다. 밀려오는 감사한 마음, 그리고 안도감. '선생님, 끝까지 저를 포기하시면 안 됩니다!'

걷는 것부터 새로 배우기 시작하면서 어린이였던 나를 다시 만나게 되었다. 새로운 세상의 모든 것이 신기하고, 궁금했다. '이게 뭐지?', '이건 무슨 느낌이지?', '이건 어떻게 해야 하지?' 여러 가지 물음에 대한 답을 찾아보고 싶었다. 어떠한 유혹에도 흔들림이 없어진다는 불혹을 앞두고도 나는 여전히 매일 흔들렸다. 춤뿐만 아니라 다양한 문제들로 말이다.

그러면서 고민하게 된다. 어른이란 무엇인가. 나를 포함한 대부분의 '어른'에게는 일상의 많은 것이 익숙하다. 분명히 오늘은 처음 맞이하는 새날이지만, 살아가는 방식은 어제와 같다. 살아온 세월만큼 세상에 적응해 특별한 이벤트 없이는 설레지 않는다. 해왔던 대로 생각하고, 습관대로 움직인다. 가위

질이나 젓가락질 같은 일은 의식적인 노력 없이, 아니 눈 감고도 할 수 있을 정도다. 굳이 알고 싶은 것도 궁금한 것도 많지 않다. 반면 지금 일곱 살인 우리 집 아이는 모든 것이 새롭고 서툴다. 선생님과 친구들을 만나는 월요일이 기다려지고, 등원 길에 본 쥐며느리가 어떻게 몸을 동그랗게 말 수 있는지 궁금하며, 엄마처럼 캐릭터만 깔끔하게 오려내는 방법을 알고 싶다. 자기도 오려보겠다고 가위질을 하다가 이것저것 다 잘라먹고는 이게 아니라고 울고불고 난리를 치기도 했다. 가위질이 익숙한 어른으로서 나는 그런 아이를 달랜 뒤 가위를 잡는 방법부터 하나하나 알려주었다. 익숙해질 때까지 봐주면서 잘했을 때는 칭찬을, 실수했을 때는 격려를 아끼지 않았다. 이렇게 지금의 나에게는 별거 아닌 가위질에도 분명 처음이 있었을 것이다. 반복되는 실수를 어린 나와 젊었을 나의 엄마가 함께 감내했다. 그러다가 어느 날은 차분히 앉아서 종이를 돌려가며 가위질을 해보거나, 또 어떤 날은 큰 종이를 조각조각 잘라서 오려보는 등 새로운 시도를 통해서 나름의 방법을 찾아 나갔을 것이다. 무수한 달력과 이면지를 오려내면서 서서히 요령을 터득하고, 어제보다 조금 덜 삐쭉거리게 자를 때마다 뿌듯함과 성취감을 느끼지 않았을까?

나에게 춤은 아이의 가위질과 같이, 아직 적응하지 못했지만 잘하고 싶은 세계이다. 내 삶에 여전히 개척해야 하는 영역이 남아있다는 것은 나를 자유롭게 했다. 개척에 나선 초보자에게는 실수도 실패도 서투름도 다 허용되기 때문이다. 심지어 오직 새로운 일을 시도할 때만 기대해볼 수 있는, 예측할 수 없는 성장이라는 커다란 보상도 있다.

*

여전히 오른발, 왼발, 오른손, 왼손, 거울 모드가 너무 헷갈리는 왕초보다. 춤이랄 것도 없는 초라한 움직임이지만, 하나씩 배워가는 과정만은 가슴을 벅차게 한다. 단 십 초를 익히기 위해 수업 내내 허우적거리고, 나머지 공부를 하고, 집에 와서 팔다리가 어떻게 함께 움직이는지를 고민하며 연습에 연습을 거듭한다. 눈으로 보고도 어려울 때는 양손은 어디에 위치하고 두 발은 어떻게 움직이는지 글로 써 가며 정리한다. 그렇게 겨우겨우 동작을 따라 할 수 있게 되었을 때의 성취감이란! 잠깐 방심하면 금세 다시 또 헷갈리지만, 그래도 그런 과정들이 좋다.

물론 수업 때 오징어 같은 내 모습에 심란해지는 날도 부지기수다. 하지만 부족함을 있는 그대로 인정하고, 나 혼자 느끼는 쪽팔림을 뚫고 하나씩 해 나갈 때면 또 즐거워진다.

"웨이브 안 되지? 그럼 머리를 집어넣어! 괜찮아, 그럴 수 있어. 잘했어, 연습했네! 잘하네! 잘하는데? 되는데? 그렇지! 잘했어! 그 정도면 엄청 잘한 거야."

선생님의 이런 믿을 수 없지만, 믿고 싶어지는 칭찬에 또 헤벌쭉 다 풀려 버리는 나다. 밑바닥이기에 가능한 즐거움이다.

즐거움과 어려움을 오가며 지속하다 보면 십삼 년 뒤에는 혹시 조너선 하디스트처럼 댄스 전문가가 될 수도 있지 않을까? 상상하다가 혼자 피식 웃고 말았다. 사실 전문 댄서가 되지 않아도 좋다. 나이와 상관없이 음악과 춤을 즐길 줄 안다면 그 자체로 자유로운 삶일 테니까.

지금은 이 밑바닥만의 전율을 충분히, 아낌없이 즐겨야겠다.

## 할 만해요? 할 만해진 질문

창피한 이야기를 하나 슬쩍 공개해 보려고 한다. 어렵다는 생각만 머리 꼭대기까지 치솟아 수업 내내 뛰기도 싫은 날이었다. 내 마음은 하나도 모르시는 선생님은 자꾸자꾸 진도를 나갔다. 뭐 하나 제대로 따라 하지도 못하겠는데 새로운 동작은 계속 쌓이니, '어려움'이 곱절이 되고 있었다. 도저히 못 해 먹겠다는 생각에 잠식되면서 슬슬 심술이 나기 시작했다. 진도를 계속 빼는 선생님도, 앞에서 신나게 춤을 추는 회원님들도 모두 미워 보였다. 무엇보다 삐뚤어진 심보로 대충 하려는 내가 가장 미웠다. 지금 되돌아보니 미미하게라도 남아있는 즐거움에 집중해 조금 더 열심히 해볼 걸 후회가 되지만, 그 순간에는 어려워서 못 하겠다는 생각뿐이었다. 나는 소극적인 몸짓만 겨우 하며 그날 수업 시간을 보냈다.

눈에 들어오지 않을 만큼 빠른 동작 때문에 이틀 연속 머릿속이 복잡한 채로 수업이 끝나 버렸다. 새로운 걸 배우는 과정에서 오는 즐거움과 어려움이 팽팽하게 줄다리기를 하고 있다고 해야 할까. 춤을 배우려는 뚜렷한 목적이 있던 것도 아니니까, 어렵다고 느끼는 쪽의 힘이 더 세지면, 나는 뒤도 안 돌아보고 다 때려치울 것이다. 지금은 춤을 잘 추고 싶다는 욕구가 더 큰 상태라 어쨌든 밀고 나갈 테지만, 스트레스가 더 커진다면 솔직히 어떻게 할지는 모를 일이었다.

수업이 끝나고 운동화를 사물함에 넣으며 생각했다. 얼마나 많은 사람들이 어려움을 극복하지 못하고 춤을 그만두었을까. 성인이 된 후에 자신의 의지로 새로운 분야에 뛰어드는 일, 그리고 어려움을 견디면서 계속 지속해 나가는 일이 정말 만만하지 않다는 걸 매일매일 느끼고 있다. 열 명이 춤을 배우기 시작한다고 가정해 보자. 몇 년 후에도 남아 있는 사람은 한두 명은 되려나? 내게는 대단하게만 보이는 분들이다.

나도 그 극소수에 남고 싶다. 하지만 그건 바람일 뿐이고 결과는 시간이 지나 봐야 알게 될 것이다. 남아 있을지, 나와 있을지.

터덜터덜 학원을 빠져나와 계단을 내려가는데, 누군가가 내게 물었다. "할 만해요?" 처음 학원에 갔을 때 어정쩡하게 서 있던 나를 안내해 주셨던 분이었다.

나는… 할 만한가, 나는 춤을 출 만한가…?

'아니요, 언니! 전혀 할 만하지 않아요! 머리가 너무 나쁜가 봐요. 거울 속과 현실 선생님의 오른발과 왼발도 모르겠어요! 그래서 따단 따단 뛰는 게 무서워요. 다들 어떻게 몇 번 보고는 금방 따라 하고 외우는 거예요? 학원을 나가는 순간 동작이 전혀 기억나지 않아요. 그럼 연습할 수가 없잖아요! 전 어떻게 해야 해요?'

그분을 붙잡고 속사포처럼 털어놓고 싶었지만, 무언의 랩처럼 마음속으로만 외칠 뿐, 입 밖으로 나온 대답은 간단했다.

"너무 어려워요…."

"스트레스받지 말고 해요. 저도 너무 어려웠어요. 앞에 계신 분들은 다 잘하시고…. 근데 오 년쯤 계속하다 보니까 이제는 좀 해야 하지 않겠니? 몸아? 싶더라고요. 그런 마음으로 하고 있어요."

“아, 네….”

그리고 문득 생각났다. 학원에 두 번째로 갔던 날, 수업이 시작되기 전 그분이 내게 말씀하셨다. “절대로 스트레스받지 말고 해요!” 당시 나의 호기로웠던 대답도 함께 선명하게 떠올랐다. "네! 저는 스트레스 안 받아요! (즐기기만 할 자신 있어요!)”

고작 한 달 뒤에 이런 고통을 겪을 줄은, 그땐 전혀 몰랐다. 더 멋지게 춤추고, 마냥 즐겁게만 다니고 있을 줄 알았다.

나의 일 개월과 회원님의 오 년을 교차해 보니 이런 생각이 들었다. ‘그래, 이제 시작했는데, 못해도 괜찮을 때잖아? 스트레스받지 말고 그냥 받아들이자.’

회원님의 ‘할 만해요?’라는 질문은 뭐라고 해야 할까, 고마웠다. 오늘같이 춤이 어려운 날, 어쩌다가 또 신나는 날, 평범하고 무난한 날… 내게 오는 모든 날을 잘 보내고, 오 년 뒤에도 회원님처럼 춤추는 나로 있어야겠다고 다짐하게 했다. 전혀 할 만하지 못해서 우울한 내게, 다시 할 만하다는 마음을 갖게 했다. 이 지면을 빌려 말씀드린다. 정말 고마워요, 언니!

지나가다 살짝 들여다본 누군가의 작은 관심이 이렇게 다시 힘을 내게 한다. 할 만하지 않았는데 할 만해졌다.

춤이 어려워서 못 하겠다는 내게 진짜 필요했던 건 춤을 잘 추는 방법이 아니라 "지금은 어렵겠지만, 괜찮아. 포기하지 않으면 점점 나아져."와 같은 다시 용기를 낼 수 있게 해주는 다정한 한마디였을지도 모른다.

몇 년이 지나 학원에 지금 나와 같은 신입 회원이 있다면 나도 다정하게 물어볼 것이다. "할 만해요?"라고. 상상 속 신입 회원이 어렵다고 답한다면 오늘의 나에 대해 이야기해 줄 것이다. 비록 지금은 할 만하지 않더라도 그만두지만 않으면 할 만해지는 순간이 분명히 온다고, 확신 가득한 목소리로 말할 것이다.

## 우리 집 노란 샤스 사나이

아니 스텝이… 분명 내 발로 하는 건데, 도대체 왜 내 마음대로 안 되는 걸까? 이제는 제멋대로 움직이는 몸에 화가 나는 단계를 넘어, 스스로 풀어야 하는 수수께끼같이 흥미롭게 느껴진다. 십 년이 걸리더라도 포기하지 않고 풀어내고야 말겠다는 오기도 생긴다.

아무튼, 선생님은 나의 못 쓸 움직임을 조금이라도 개선해 보고자 일부러 시간을 내서 영상을 찍어 주셨다. 이 더운 날 선생님이 들이신 노고에 보답하고자 다음 수업 때에는 꼭 동작을 해내고 싶은데 도무지 따단! 따단! 하는 스텝이 안 된다. 음악에 발이 안 맞는다. 신이 나긴 하는데, 도대체 왜 이렇게 빠른 건지! 음악 탓을 하다가 발에 화를 냈다. 내 발아… 아, 좀!

이른 새벽에 글을 쓰다가 막혀서 다시 춤 연습을 해 보려는

데, 출근 준비를 다 한 남편이 버스 시간이 남았다며 10분 뒤에 천천히 나간다고 했다. 잘 됐다 싶은 마음으로 별다른 기대 없이 남편에게 물었다.

"지금 시간 좀 있으면 이거 한번 봐줘! 이 부분 스텝 따라 할 수 있겠어?"

요리조리 몇 번 버벅거리면서 해 보더니, 어머나 세상에! 남편이 곧 따라서 춤을 춘다! 스텝이 된다! 스텝이랑 박자가 맞는다! 너무 신기했다. 물론 선생님과 같은 멋진 느낌은 전혀 없지만, 어쨌든 동작을 흉내 낸다. 나보다는 훨씬 훌륭하다는 뜻이다.

"우와, 자기 정말 대단하다. 어떻게 한 거야? 나 좀 알려줘!"

"따단 따단. 여기에서 발을 너무 멀리 가지 말고. 어렵긴 어렵다, 엄청 빠르네."

익힌 걸 나름대로 설명해 주더니, 퇴근하고 다시 알려준다며 집을 나섰다.

춤을 배우면서 새롭게 발견한 남편의 모습이었다. 연애할 때 노래방에서 '노란 샤스의 사나이' 노래에 우스꽝스럽게 춤을 췄던 그를 나는 왜 당연히 몸치라고 치부했을까. 벌겋게 술에 취해 나를 웃기려는 과장된 몸짓과 표정을 보며 '이 사람도 춤과 인연은 없구나'라고 생각했는데, 사실은 나보다 훨씬 박자와 리듬에 몸을 태울 줄 아는 (멋진?) 사람이었다. 이걸 십 년 만에 알았다니! 이 사실은 요즘 날 든든하게 한다.

영상만 있다면 새로 배우는 춤을 남편에게 보여주고, 어떻게 움직여야 하는지 분석해서 알려 달라고 할 수 있기 때문이다. 엄청나게 잘 추는 건 아니지만 동작에 대한 이해도가 나보다 나은 사람이 바로 옆에 있다는 사실만으로도 큰 힘이 되었다.

"자기야, 나 하는 거 잘 봐. 이게 뭔지 알아? 왼오왼! 오왼오! (왼 : 왼발, 오 : 오른발)"

남편 앞에서 틀리고 싶지 않아서 움직여야 하는 발의 순서를 입으로 외치며 그날 배운 스텝을 보여줬다.

"쓰리 스텝이라고 하는 거야! 어때, 어렵겠지? 자기도 해볼래?"

남편은 내 발의 움직임을 유심히 보더니,

"아, 알겠다! 이렇게, 이거네!"

포인트를 알아챈 그는 바로 쓰리 스텝을 밟았다.

"뭐야, 한 번에 되는 거야? 내 발의 움직임이 보였어?"

학원에서 계속 틀리고, 수업이 끝나고 따로 배우고, 집에 와서 수시로 연습한 후에야 겨우 쓰리 스텝을 흉내 낼 수 있었던 나는 단번에 해내는 그를 우러러봐야 했다.

*

이런 적도 있다. 언젠가 선생님의 춤 영상을 보다가 남편에게 물었다.

"이거 잘 봐 봐. 시선을 절대 떼면 안 돼! 선생님이 지금 여기에 있다가 어떻게 저쪽으로 이동한 거야?"

나는 진지했다. 그러고선 오 초 정적. 묻는 나도 질문을 받은 남편도 난감하기는 마찬가지였다. 그래도 좀 쉬운 동작이었는지 영상을 다시 한번 본 남편은 곧 춤답게 췄다. 브라보! 그를 우리 집 춤 천재로 인정하고, 나의 세컨드 춤 사부로 모시기로 했다.

"와, 어떻게 한 거야?"

"자 봐 봐. 딴딴 딴! 발이 이렇게! 잘 모르겠어?"

이걸 어떻게 설명해야 하지? 혹은, 설명할 것이 있나? 같은 말투였다.

"응. 전혀 모르겠어…."

"아, 그래. 그럴 수 있지…."

몸치의 서러움을 잘 몰라주는 게 가끔은 아쉽기도 하지만, 학원 가기 전에 춤을 봐줄 수 있는 사람이 있다는 게 얼마나 다행인지 모른다. 아침에 못다 익힌 동작을 남편에게 배우기 위해 그의 퇴근을 손꼽아 기다리며 메시지를 보냈다. "자기야, 몇 시쯤 집에 도착해?" 이런 기다림은 정말이지 오랜만이었다.

## 나는 거울이 제일 무서웠어

몇 개월이 흘러도 나는 여전히 거울이 무서웠다. 누추한 동작을 취하며 헤매고 있는 나를 똑바로 보는 것은 꽤 마음이 상하는 일이었다. 리듬 따로 발 따로 각자 노는 스텝, 참새 쫓듯 대충 허공을 휘저으며 흔드는 팔 동작. 두루뭉술 허둥대다 보면 나 자신이 무능하게 느껴졌다. 선생님이나 다른 회원님이 춤추는 내 옆을 지나가기라도 하면 더 창피해졌다. 그 자리에서 사라지고 싶었다. 숨고 싶은 마음은 나를 더욱 긴장시켰고, 그런 내 모습이 또 미워 보였다. 그래서 거울에 비친 나를 피해 늘 다른 회원님들 뒤에 숨어 겨우겨우 수업 시간을 버티곤 했다.

의욕과 욕심이 불탔다가 현실에 좌절했다가, 순간순간 재미와 뿌듯함을 느꼈다가를 반복했다. 의욕이 넘칠 때면 아이가 아침밥을 다 먹기를 기다리는 순간 또는 신호등이 바뀌기를 기다릴 때와 같은 틈새 시간도 놓치지 않고 연습했다. 엘리베이터 안 거울을 보며 혼자 까닥까닥 스텝을 밟았다가, 학원에서 음악에 춤을 맞춰볼 때는 또 엉망진창이 되어 눈앞이 캄캄해졌다가, 여러 번 반복 끝에 리듬 안에 동작을 어떻게든 욱여넣었을 때는 대단한 일을 해낸 사람처럼 박수를 치고 싶어졌다.

몇 개월이나 했다고, 한 동작씩 극복해 나가는 과정이 시간 대비 노력의 가성비가 지나치게 떨어지는 것 같다는 생각이 들었다. 당시 나에게는 일정 수입과 본업의 안정화라는 목표가 있었고, 그것을 위해 매일 쌓아야 하는 일이 많았다. 그런 와중 시간을 쪼개 가며 의욕적으로 연습했지만, 실력은 내가 기대한 만큼 올라와 주질 않았고 나는 실망했다. 일도 춤도 욕심만큼 성취되지 않자 마음은 점점 어두워졌다. 당장 할 수 있는 일 하나에 집중하는 것이 효율적일 것 같았다. 댄스학원을 그만두기로 했을 때는 급기야 눈물이 쏟아졌다. 그저 동네 작은 학원에서 취미로 배우는 춤인데, 그만둔다고 울기까지 하는 나를 남편은 이해하지 못했다. 그러게 왜 그랬을까. 이제 와 생각하면 춤이 너무 좋아서 잘하고 싶다는 마음은 가득한데 결과가 따라오지 않아서 몹시 속상했던 것 같다.

**머리** 야, 너무 못해서 안 되겠어. 춤은 그만둬.

**마음** 아니야, 그래도 더 해보고 싶어.

**머리** 아니, 도저히 못 봐주겠어. 집어치우고 그 시간에 돈 벌 궁리나 하자.

**마음** 싫어! (눈물)

한참을 갈등하다가 '정말 후회하지 않을까?' 자신에게 물었다. 깊이 생각할 것도 없었다. 이렇게 그만두면 후회는 당연한 수순이었다.

'그럼 어떻게 할래?' 마음가짐을 바꾸고, 다시 학원에 가기로 했다.

그냥 하자. 지금 내 모습을 그대로 받아들이자. 누추하면 누추한 대로. 시간이 되면 연습하고, 연습을 못 해서 부족하면 그 상태 그대로 받아들이고, 또 배우자고.

처음 춤을 배울 때, 거울 속에는 꼴 보기 싫은 한 사람이 있었다. 자신감 없는 태도로 엉터리 동작만 계속하는 사람. 그것보다 더 싫었던 점은 부족한 모습을 회피하려는 거울 속 그의 시선이었다. 하지만 그럴수록 똑바로 봐야 했다. 그래야 어디를 어떻게 고쳐야 하는지, 조금이라도 나아질 방법을 궁리해볼 수 있다.

지금보다 나아지기 위해 하는 연습은 거울에 비친 나를 볼 수밖에 없게 했다. 그때부터 거울 속 춤추는 나를 보는 것이 조금씩 익숙해졌다. 부족한 모습도, 나아지는 모습도, 결국 해내는 모습도 거울을 통해 볼 수 있었다. 거울 안에 과정이 있었다.

춤을 배우면서 확실하게 알게 된 것이 있다. 더 나은 자신을 기대할 수 있는 유일한 방법은 '반복과 연습'이라는 단순한 진리. 그걸 피부와 뼈에 새겨 버렸다.

어느 날 문득 거울을 보았다. 그 안에는 동작의 순서를 기억하고 리듬에 맞춰서 춤을 추는 내가 있었다. 물론 부족한 부분투성이지만 분명 여러 방면에서 실력이 늘어 있었다. 성장하려면 자신의 현주소를 똑바로 알아야 한다. 타인의 피드백으로든, 거울로 확인하든, 영상을 찍어 보든, 나의 지금을 알아야 고칠 수 있다. 당장 어제와 오늘의 차이는 발견하기 어려울 수도 있다. 그럼에도 거울에 비친 자신을 직시하고 부족한 부분을 조금씩 고쳐 나가려는 노력의 과정을 꾸준히 반복하다 보면, 전 달과 이번 달의 차이를 체감하게 된다. 성장했음을 알아차리는 순간이다.

여전히 많이 헤매지만, 춤을 배우기 시작한 지 육 개월이 지나고 나서야 드디어 거울로 내 모습을 볼 수 있는 수준이 되었다. 내가 나를 있는 그대로 본다는 건 얼마나 어렵고 비위 상하는 일인지. 용기를 내는 데에만 이만큼이 걸렸다.

거울을 똑바로 마주 보며 연습한 지 몇 주가 흐른 어느 날, 수업이 끝나고 선생님이 어떤 동작을 봐주시다가 말씀하셨다.

"잘하네."

당연히 농담이라고 생각했다. "네? 제가요?" 하고 되물으니 "응, 많이 늘었어!"라는 대답이 돌아왔다. 선생님의 칭찬은 오래오래 마음에 남았다.

객관적으로 잘 춘다는 것이 아니라 처음과 비교했을 때 나아졌다는 의미일 텐데도 뿌듯했다. 안 되는 몸으로 고군분투하던 시간이 떠올라 안쓰럽기도 했고, 그럼에도 포기하지 않은 내가 기특하기도 했다.

똑바로 마주하기 어려울 만큼 무서웠던 거울이지만, 이제는 안다. 부족한 자신을 인정하는 것에는 용기가 필요하다는 것을. 나아지기 위해서는 서툰 모습을 있는 그대로 보고 견디는 시간도 필요하다는 것을. 거울을 보며 내 몸을 직접 움직여 연습하고 반복하는 것만이 앞으로 나아가게 하는 방법임을.

이제는 거울을 막연히 무서워하거나 피하지 않는다. 현실의 내 모습을 똑바로 본다. 거울에 비친 노력하는 나를 귀엽게 봐주고, 실수해도 연습하면 된다고 다독이고, 잘하고 있다고 격려한다. 서툴러도 포기하지 않고 춤추는 내가 좋기 때문이다.

여전히 머리는 못 하겠다고, 집어치우고 싶다고 할 때가 있지만, 마음은 계속하자고 한다. 나는 그 말을 즐겁게 따라가 보려고 한다. 마음이 닿는 곳까지.

## 버려야 할 욕심과 내야 할 욕심

*- 선생님, 저는 오늘 학원을 쉬겠습니다!*

때때로 춤을 잘 추고 싶은 의욕이 솟았다가도 온갖 이유로 다시 마음이 곤두박질쳤다. '이젠 이 동작이 되네! 재밌다.' 하고 배우는 보람이 차올랐다가도 '아, 너무 어려워. 못 해 먹겠다.'며 의지가 금세 텅 비어버리기도 했다. '이제 골반도 칠 수 있다!'며 우쭐했다가, '왜 자꾸 스텝이 꼬이는 걸까?' 돌아서서 시무룩해지기도 했다.

나는 왜 이렇게 기복이 큰 걸까? 이런 순간이면 아직 멀어도 한참 멀었다는 생각만 든다.

어렵고 괴로우니까 한 시간짜리 수업이 하루 같았다. 괜히 모든 상황이 다 못나 보인다. 이런 기분으로 아침을 채우는 게 나에게 도움이 될까? 생각해 보았다. 답은 당연히 'NO!' 그래서 그날은 학원을 쉬기로 했다.

보통 결석할 때면 이러이러한 일이 있어 못 나간다고 사정을 남기는데, 그냥 '학원을 쉬겠다.'라고만 보낸 게 선생님의 눈에는 이상하게 보일지도 모를 일이었다. 하지만 아프다는 둥, 일이 있다는 둥 핑계를 만들어 대자니 스스로가 초라하게 느껴졌다. 최근에 읽은 책, 랠프 월도 에머슨의 『자기 신뢰』를 떠올렸다. 그날그날 자기 생각에 확신을 가지라는 책의 내용대로, '내가 쉬고 싶은데, 그게 뭐가 문제인가!'라는 생각으로 고심 끝에 선생님께 그렇게 카톡을 보냈다. (랠프 월도 에머슨님, 자기 신뢰를 이렇게 응용하는 게 맞나요?)

이유가 없으니 역시나 '왜?' 하고 선생님이 물으셨다. 뭐라고 보내지? 나 왜 쉬지? 나 왜 학원 안 가지? 나 왜 지금 카페에 있지? 물음을 내게 다시 던져보니, 말 안 듣기로 작정한 내 안의 어린애가 "그냥 쉬고 싶어요! 하기 싫어요! 어려워요! 난 못해요! 배우기 싫어요! 학원 안 갈래요! 머리 아파요!" 징징거렸다. 그날은 이 아이의 편에 서고 싶었다. 그래도 날것 그대로의 심정을 보낼 수는 없으니 포장하고 포장해서 이렇게 보냈다.

*- 다른 이유보다는 저의 뇌가 배우는 걸 거부해서 쉬고 싶어요!*

가르쳐 주시는 선생님께, 배우는 걸 거부한다고 말하다니! '화나기 10초 전'이라는 선생님의 카톡 이모티콘에도 끄떡없었다. 그건 그날 한껏 삐뚤어진 내 안의 아이가 느낀 솔직한 심정이었기 때문이다.

학원 수업 전에는 보통 신문을 읽곤 한다. 평소에는 공원에 앉아 읽었는데, 오늘은 카페에 앉아 커피를 마시며 읽었다. 그렇게 하루를 쉬니까 처음에는 편했는데, 목요일 아침이 다가오자 또다시 불편해졌다. 오늘은 가야 할까?

'어제 빠졌으니, 진도가 또 이만큼 나가 있겠지. 따라갈 수 없을 거야. 못해서 또 나는 답답해지겠지. 나의 선택에 따른 당연한 결과지만 그런 감정 느끼고 싶지 않아. 오늘도 쉬자! 주말까지 쉬어 보는 거야. 월요일은 그때 가서 생각하자.'

아이를 등원시키고 또 카페로 향했다. 어제와 같은 시간, 같은 카페, 같은 자리에 앉은 나는 선생님께 '오늘도 전 쉬겠습니다!'라고 또 카톡을 보내야 하나? 고민하다가, 조금 피곤해졌다. '그냥 오늘은 보내지 말자!' 쪽으로 마음을 정하자 주문한 커피가 나왔다.

이틀을 쉬다 보니 마음이 풀린 건지, 나는 이렇게 한 달을 죽 쉬는 건 어떨까 싶어졌다. 다음 달이면 학원에 다닌 지도 벌써 일 년이 되니 그 정도는 쉬어도 된다고 합리화하던 중,

*- 민영, 오늘도 뇌가 배움을 거부했니?*

수업을 끝낸 선생님이 카톡을 보내셨다. 그렇다고 답한 뒤, 제 발 저린 도둑처럼 이유를 구구절절 설명했다. '왜 배움을 거부하는지 생각해 봤는데, 제게 춤은 노력과 시간 투자 대비 비효율적이란 생각이 들었어요.'라고…. 이 역시 분명한 내 생각이었다.

이럴 때면 선생님이 항상 말씀하시던 한마디가 있었다. 바로, "욕심을 버려라!" 이번에도 마찬가지였다. 그… 그놈의 욕심!

내 안의 한껏 삐뚤어진 아이는 이번만큼은 '욕심' 때문이란 걸 인정하지 않으려고 단단히 마음먹고 있었다. 그 아이의 반항을 겨우 잠재우고 내 입장을 확실하게 정리해 똑 부러지게 말하고 싶었는데, 막을 새도 없이 본심이 튀어나왔다.

*- 쌤은 제가 느끼는 답답함을 몰라요! 진짜 진짜….*

삐딱선을 제대로 탄 아이가 돌발 행동을 했다. 악, 이게 뭐야! 너무 유치하다는 생각도 들었지만, 억울한 마음이 더 컸다. 나의 답답함을 선생님은 모를 거라 확신했기 때문이다. '진짜, 선생님은 아무것도 모르면서….' 이런 생각을 하고 있는데, 선생님이 물어보셨다.

*- 십 년씩 배우고 있는 분들도 새로운 곡을 배울 때마다 어려워하시는데, 왜 너는 유독 답답함을 자주 느끼는 걸까?*

그러게요…. 왜 저만 그러는 걸까요? 저는 왜 자주 답답함을 느끼는 걸까요? 그 답답함 때문에 저는 왜 학원을 쉬고 싶을까요? 왜 포기하고 싶을까요? 순간 떠오른 나의 대답은 안타깝게도 이랬다.

*- 욕심내서요.*

이게 아닌데, 지기 싫은데! 이러면 백기를 든다는 건데! 더 분명하게 내 입장을 표현해야 하는데!

*- 알고 있네. 반성해.*

'네.'라고 답하기는 했지만, 원치 않은 상황으로 흘러가자

삐뚤어진 아이의 반항심은 쉽게 가라앉지 않았다. '그래도 답답해요!!!'라고 느낌표를 세 개나 붙여 보내며 발버둥을 쳤다. 그리고 생각했다. 내가 뭘 잘못했을까? 난 무엇을 반성해야 할까?

아무리 생각해도 난 잘못한 게 없다! 진짜였다. 반성하려 했지만, 잘못한 건 하나도 떠오르지 않았다. 오히려 '솔직히 나 같이 열심히 하는 학생이 어딨을까! 몸치라서 느끼는 어려움도 버티고 일 년 동안 학원에 다니는 게 얼마나 기특하냐고.'라는 생각만 가득했다. 사실 그동안 학원을 계속 다닐 수 있었던 것도 '잘하고 싶은 욕심' 때문이었다. 그런데 막막함과 어려움을 느낄 때마다 매번 욕심을 버리라고 하시니, 선생님은 진짜 나 같은 초보의 마음을 모르시는 게 아닐까 싶었다.

이 생각이 정리되지 않으면 다 그만두고 싶어질 예정이었다. 그 마음을 정리해 선생님께 카톡을 드렸다.

*- 잘 안돼서 느껴지는 답답함이 있어도 욕심내서 일 년을 다녔는데요, 그래서 제게 욕심은 나름 열정이기도 했어요. 자기 수준보다 더 잘하고픈 마음이 욕심이라면, 그걸 버리면 저는 어떤 마음이어야 할까요?*

선생님은 일 년 전 처음 학원에 왔을 때의 마음을 떠올려 보라고 하셨다. 그러니까, '초심'이었다. 동작 하나하나 모든 게 새롭게 느껴졌던 일 년 전의 내 모습이 머리를 스쳤다. 그리고 선생님은 내가 말하는 욕심은 누구나 가지고 있는 거라고 하셨다. 나는 잘하고 싶은 욕심이 곧 열정이 되어 그 힘으로 일 년을 다녔는데, 선생님이 생각하시는 욕심과 열정의 뜻은 나와는 다른 것 같았다. 그게 무엇인지 궁금해졌다.

*- 선생님, 욕심은 뭐에요?*

선생님이 내게 버리라고 했던 욕심은 이거였다. 다른 분들의 십 년과 나의 일 년, 그 간극을 하루아침에 채우려는 마음. 이렇게 생각이 정리되는 순간, 번쩍하고 어떤 깨달음이 머리를 강타했다.

*- 그럼, 열정은 뭔가요?*

그럼에도 지금 배우고 있다는 사실.

그럼에도 여전히 춤을 배우고 운동을 하고 있다는 것. 즉 열정은 완료형이 아닌 현재진행형이었다. 두 번째 충격이었다.

열정에 대한 선생님의 정의를 듣는 순간, 소름이 돋았다. 내 욕심은 허황된 것이었고, 그건 내 생각처럼 배움의 의지를 이끌어 내는 게 아니라 오히려 가로막고 있었다. 생각의 앞뒤가 안 맞았다는 것을 알아차리고 깜짝 놀랐다. 머릿속이 말끔하게 정리되었다.

*- 뭔가 뭉클한데요, 이제 진짜 반성할 수 있을 것 같아요!*

춤을 배웠던 나의 일 년도 되돌아보면 이렇게 애틋한데, 다른 분들은 어떨까. 그분들의 일 년, 이 년, 삼 년… 오 년… 팔 년… 십 년… 혹은 그 이상의 시간까지도. 봄, 여름, 가을, 겨울. 계절을 넘나들며 차곡차곡 쌓였을 장대한 시간을 떠올려보니 왠지 뭉클해졌다. 그제야 정확하게 알게 되었다. 선생님이 여러 번 말씀하셨던 '버려야 할 욕심'은 잘하고자 하는 마음이 아니라, 남들과의 비교에서 오는 욕심이었다는 것을. 그렇게 나는 겸손하지 못했던 태도를 진심으로 반성했다.

며칠 뒤 유튜브에서 미셸 오바마가 이런 이야기를 하는 것을 보았다.

최근 '네 시간 걷기'를 하는데, 참여하는 모두가 각자의 하이킹 방법을 갖고 있다고. 그리고 다른 사람과 자기의 걷기를 비교할 때 걷는 것을 즐길 수 없었다고. 춤으로 바꿔서 생각해 보니 딱 내 모습이었다. 즐기지 못하고 욕심만 부리던 나.

*앞서가거나 뒤에서 걷는 사람들과 너를 비교하지 마!*
*너만의 길을 걸어!*
*너만의 방식으로 가!*
*너는 여기에 왜 왔어?*
*너는 얼마나 빨리 가야 해?*
*네 앞에 가는 여자처럼 가려고 한다면,*
*너는 성공하지 못할 거야!*
*- 미셸 오바마 -*

미셸 오바마가 네 시간을 걸으며 자신에게 한 말이다. 이 말을 나 자신에게 똑같이 해 보자 복합적인 감정들이 나를 스쳤다. 그것들을 이해하고 정리하는데 에너지 소모가 컸지만 비단 춤의 영역뿐만 아니라 살아가면서 한번은 깨달아야 했던 태도였다.

나의 질문에 무겁지도 가볍지도 않은 심플한 답을 주신 선생님이 고마웠다.

앞으로 춤을 배우면서 어렵다고, 못 하겠다고 또다시 징징이가 되는 순간이 온다면 이 반성문을 읽으며 복기하기로 했다. 이날의 깨달음을 다른 일에도 적용하자 마음이 한층 가벼워졌다. 조금 더 여유를 갖고 즐기며 해나갈 수 있는 일이 많아졌다.

마음에 꾹꾹 새겨서 잊지 않기로 했다.

버려야 할 욕심은 잘 추는 다른 사람들의 십 년과 지금 우리의 얼마 되지 않은 시간, 그 간극을 하루아침에 채우려는 마음.

내야 할 욕심은 지속하고 나아가려고 하는 마음.

이제는 비교하는 대신 지금 내가 서 있는 그 위치에서부터 내 속도대로 앞으로 나아갈 것이다.

## 진심과 대충

"인간에게 가장 해로운 벌레는 대충이다." 한번 들으면 안 잊어버릴 이 문장은 '대충도 대충 하지 않는다.'는 가수 유노윤호가 남긴 명언이라고 한다. '대강 추린다는 정도로'로 정의되는 '대충'은 어떻게 생겼을까? 겉모습조차 대충 생겼을 것 같은 이 무시무시한 녀석을 상상하니 학원에 다닌 지 얼마 되지 않았을 때, 지금까지 내 마음에 남아있는 선생님의 한마디가 생각난다.

리타오라의 '뱅뱅'이란 팝송의 안무를 배울 때였다. 가수 싸이를 대표하는 노래인 '챔피언'의 오마주가 되었던 원곡의 또 다른 버전으로, 리드미컬한 멜로디가 인상적인 곡이다.

곡 앞부분에 손과 발이 따로 노는, 아무리 노력해도 흉내내기조차 어려웠던 안무가 있었다. 선생님은 몸으로 기억해야 한다며 여러 번 반복하게 하셨다.

몇 번을 따라 해도 어려웠다. 성실하게 동작을 익혀보겠다는 의지는 더 이상 찾아볼 수 없었다. 못 하겠다는 생각이 뇌에 입력되자 행동도 마음도 서서히 느슨해지다가 꼬이기만 했다. 어느 순간부터는 내가 느끼는 어려움과는 상관없이 계속 '다시' '다시' '다시' 반복적으로 연습해야 하는 상황이 불편해지기까지 했다. 어차피 못 따라 하겠으니까 대충 하자는 심정으로 몇 번쯤 했을까, 한참 보고 계시던 선생님이 한마디 하셨다.

"아니! 진심을 다해서 해 봐!"

앞자리에 계신 분들이 함께 웃었다. 나는 하기 싫은 태도를 들킨 것 같아서 조금만 웃었다. 사실 뇌를 풀가동하면서 동작을 떠올리는 것부터 버거웠다. 어려워서 동작에 진심까지 담을 여유는 전혀 없다고 대꾸하고 싶었다. 유쾌하지 않은 마음으로 수업이 끝났다.

그런데 무슨 이유일까. 그날 수업이 끝나고부터 "진심을 다해서 해 봐!" 하는 선생님의 목소리가 마음에 맴돌았다.

진심을 다하는 것. 내겐 진심을 다하는 일이 있던가? 생각해 보았지만 떠오르지 않았다. '진심을 다해서 글을 썼던가? 정성껏 그림을 그렸던가? 마음을 담아 아이와 놀았던가?' 솔직히 반복되는 것, 당연히 하는 것, 그냥 하는 것에는 진심을 담기 어려웠다. 익숙하니까 적당히 대충 했던 상황들만 떠올랐다.

그렇다면 학원에서는 어땠을까? 익숙하지 않은 일이니 좀 더 진심을 다했을까? 새로운 걸 배우는 매 순간에 성의가 있었던가? 다시 생각해보니 그것도 아니었다. 익숙하면 익숙하다는 이유로, 어려우면 어렵다는 이유로 대충 했던 내 모습이 떠올랐다. 세상에서 가장 해로운 벌레, 대충이 나를 갉아먹고 있었지만 나는 아무것도 눈치채지 못하고 있었다.

진심을 다한다는 것
진심을 다해 춤을 추고
진심을 다해 그림을 그리고
진심을 다해 글을 쓰고
진심을 다해 아이와 놀고
진심을 다해 음식을 준비하고

문득 이런 생각이 떠올랐다. 사소한 순간에도 진심을 담을 수 있는 건 비단 행동 방식의 문제가 아니다. 매 순간, 마음을 다한다는 것은 곧 그 시간을 경험할 나 자신에게 최고의 순간을 준다는 의미다. 내가 겪는 모든 순간을 진심으로 채우고, 주어진 삶 속 모든 경험을 최대한 값진 선택으로 채우면서 나는 조금씩 성장해갈 것이다. 그리고 자신을 소중히 여길 줄 아는 사람이 남도 소중히 여긴다는 말처럼, 자신을 대하는 태도대로 타인을 대하고, 자신의 일상을 살아가는 방식대로 세상을 살아갈 것이다. 그것은 나를 둘러싼 세계와 사람들, 내 주변의 모든 대상에 집중한다는 뜻과도 같다.

내일부터는 수업 전 몸풀기 동작부터 진심을 다해서 해봐야겠다고 다짐했다. 반복되고, 익숙하고 사소한 것부터 잘해보겠다는 결심은 내 몸에 대한 관심이자, 집중하겠다는 의지였다. 그런 태도라면 '나는 절대 하지 못할 거야.'라고 여겼던 동작을 습득하는 것도 조금은 수월해지지 않을까?

오늘은 한 걸음에도, 호흡 한 번에도, 한 단어에도, 타이핑 한 번에도 진심을 담아보고 싶다. 그런 작은 진심을 한껏 담아 이 글을 썼다.

## 여섯 살 아이가 알려준 춤 잘 추는 법 세 가지

나는 아이에 대해 조금은 특별한 마음을 갖고 있다. 아이가 말을 시작하고 대화가 조금씩 가능했던 네 살 무렵부터, 나는 아이가 일방적으로 내가 키워야 하는 자식이라기보다는 인생의 파트너 혹은 친구같이 느껴졌다. 말 안 듣는다고 하는 '미운 네 살', '유춘기', '미친 일곱 살' 등의 표현에 단 한 번도 동의해 본 적이 없다.

나는 아이가 나보다 미숙하고 서툰, 미완성된 사람이라고 느껴지지 않는다. 자기 마음대로 하려는 건 오히려 엄마인 나였다. 종종 나는 내 기준에 맞추라고 아이에게 억지를 부리며 부족한 모습을 쉽게 드러내곤 했다. 그럴 때마다 "어린이에게 화내면서 말하는 거 안 좋아. 진정하고 말해줘.", "왜 꼭 엄마 마음대로 해야 하지?" 하고 반응하는 아이를 보면 나보다 삼십

사 년을 늦게 태어났지만, 몸만 작을 뿐 나와 동등한, 아니, 어쩌면 더 나은 존재일지도 모른다는 생각이 들었다.

실제로 나는 크고 작은 고민이 있을 때면 아이에게 묻고 아이의 생각과 언어에서 지혜를 얻는다. 그렇게 아이의 순수한 웃음과 배려, 격려와 위로를 받으며 함께 성장해왔다. 물론 아이다운 모습이 가득한 개구쟁이 일곱 살이지만, 아이에게는 아이만의 생각과 시각이 있다. 나는 충분히 대화가 가능한 아이를 하나의 인격체로 대하려 한다. 마땅히 그래야 하고.

춤에서도 아이는 좋은 조언자이자 선생님이다.

왕왕초보 시절 '취미도 잘해야 한다.'는 생각에 갇혀 있던 어느 날, 내 눈에 아이의 모습이 들어왔다. 아이는 나와 반대로, 블록으로 아무렇게나 무언가를 만들고 부시고 또 만들면서 놀고 있었다. 그 모습을 한참 보다가 아이에게 물었다.

"시원아, 어떻게 하면 엄마가 춤을 좀 더 잘 출 수 있을까?"

아이는 방법을 알려주겠다고 자신만만하게 이야기하더니, 세 가지를 기억하라고 했다.

먼저, 힘이 있어야 한다.

두 번째, 화를 내면 안 된다.

마지막, 연습을 해야 한다.

여섯 살 아이의 답은 놀라웠다. "와, 대단한데. 어떻게 알게 된 거야?" 물어보니 원래 알고 있었다고 한다. 모든 생명은 천재로 태어난다더니, 정말 그랬다. 아이가 준 답은 되뇔수록 명쾌했다.

춤을 잘 추려면 힘이 있어야 한다. 흔들리지 않는 턴을 하기 위해서는 다리에 힘이 있어야 했고, 팔을 쭉쭉 뻗어 동작을 멋지게 표현하기 위해서도 힘이 필요했다. 이렇게 몸으로 의도한 동작을 표현하기 위한 신체적인 힘은 물론, 잘 안되고 어렵더라도 해나가려는 적극적인 마음, 즉 정신적인 힘도 있어야 춤을 잘 출 수 있다.

경험해본 바로는 화를 내는 건 소모적이기만 했다. 춤을 배우는 게 어렵다고, 동작이 외워지지 않는다고, 원하는 대로 몸이 움직이지 않는다고, 내 마음처럼 표현되지 않는다고 화를 낸다고 해서 더 잘 되는 건 아니었다. 그때 할 수 있는 건 욱하고 올라오는 감정을 추스르고 스스로를 다독여 기분 좋게 한 번 더 연습하는 것뿐이었다.

그렇게 연습해야 한다. 반복과 연습은 내 몸이 내 머리를 따르게 하는 유일한 방법이다. 이 단순한 진리를 머리로는 잘 알지만, 지속하기 어려운 이유는 스스로 못한다고 여기면서 점차 흥미를 잃기 때문이다. 흥미는 웃음이 나는 즐거움만이 아니다. 작은 단계들을 하나하나 성취해 나가는 것에도 그 나름의 재미가 있다. 그것을 느낄 수 있다면 연습 자체를 놀이처럼 할 수 있지 않을까?

언젠가, 리듬에 맞춰 자유롭게 몸짓하며 쾌활하게 웃는 아이를 보면서 '그냥 딱 아이처럼만 살면 좋겠다.'고 생각했다. 아이는 수시로 행복을 느꼈다. 작은 것에도 마음껏 웃고, 흘러나오는 대로 노랫말을 붙여 부르고, 흥이 나면 갑자기 그루브를 탔다. 어떤 종이에든 거침없이 그림을 그리고, 다양한 걸 두들겨 자기만의 소리를 창조해냈다. 책을 읽고 싶으면 읽고, 쉬고 싶으면 쉬고, 음악을 듣고 싶으면 듣고, 블록으로 만들고, 부시고, 또 만들고, 아무렇게나 무언가를 만들었고 이야기를 지어냈다. 그런 과정과 결과가 아이에게는 스스로 일군 작은 세계이자 성취였다.

아이를 보면서 춤 연습도 놀이처럼 할 수 있겠다는 생각이 들었다. '오늘은 이만큼 연습해야 한다.' 같은 의무가 아니라, 언제든 마음이 동하면 춤으로 즐거움을 느끼고 다른 일을 하다가도 분위기 전환이 필요하면 놀이하듯 춤을 춰 보는 것이다. 이 글 역시 쓰다가 막히면 춤을 추었고, 춤을 추다가 어려우면 다시 글을 쓰며 이어 나가고 있다.

연습을 하려면 시간이 필요하다고 생각했는데, 정말 필요한 건 마음의 유연함과 너그러움이었다.

*

언젠가 아이에게 또 한 번 명쾌한 답을 얻었던 기억이 있다. 그달은 바빴다. 조금 지나고 다시 생각해 보니 더 정확하게는 시간보다는 마음이 바빴다. 책이 출간된 뒤 착착 줄 서 있는, 해야만 하는 일들, 쓰고 있는 책의 두 번째 마감일, 책임감 있게 마무리해야 하는 프로젝트…. 그 틈에서 '잠깐만, 이것만, 기다려줘.'를 반복하며 분주하게 시간을 쓰고 있었다.

당연히 춤을 연습할 시간이 없었다. 좋아하기 때문에 잘해야 한다는 욕심이 가득했던 때라, 연습 없이 학원에 가는 건 더 힘든 일이었다. 하루 이틀 퐁당퐁당 학원을 빠지기 시작했다.

바쁘다는 이유였다. 점점 '이렇게 못 할 바에는 한 달 쉬자.' 싶은 생각이 자라났다.

혼자 고민하다가, 저녁을 먹으면서 아이에게 물었다.

**나** 시원아, 엄마가 요즘 바빠서 학원에서 배운 거 연습할 시간도 부족하고, 못해서 힘든데 어떻게 하면 좋을까?

**아이** 선생님한테 카톡 보내.

**나** 뭐라고?

**아이** 학원 좀 쉬겠다고.

**나** 그럴까? 그만둘까?

**아이** (잠시 생각하다가) 아니야. 엄마 그냥 학원에 가!

**나** 왜?

**아이** 그래도 엄마가 좋아하는 거잖아.

**나** 그래? 계속할까?

**아이** 응!

"그래도 엄마가 좋아하는 거잖아."라는 아이의 한마디에 책임감과 부담감이 사르르 녹았다. 그 무게에 눌려 있던 뇌가 반짝 빛나는 느낌이 들었다. 모든 게 단순해졌다.

여유가 없어 할 일을 줄인다면, 먼저 줄여야 하는 건 일이 아니었을까? 왜 좋아하는 걸 가장 먼저 빼려고 했지? 그 이유는 분명했다. 연습을 충분히 못 하고, 헤매는 나를 견디기 힘들어서! 그 생각을 바꾸기로 했다. 음악에 리듬이 있듯이 일상에도 리듬이 있다는 것을 떠올렸다.

'강약을 주자. 이번 달은 아주 느슨하게 가는 거야. 연습하지 마, 못해도 괜찮아! 학원에 가서 운동하고 할 수 있는 만큼만 따라 하면서 음악을 듣고 분위기만 느껴. '몸을 움직였다'는 사실에만 충분히 만족해. 그렇게 한 달을 보내고, 여유가 생기면 다시 연습하자. 내가 좋아하는 일이니까… 조금 더 너그럽게 임하자. 이번 달은!'

아무리 바쁘더라도 삶에 좋아하는 일을 끼워 넣은 것과 그렇지 않은 것의 차이는 클 것이다. 일 하나를 덜 하더라도 만족감 있는 일상을 살고 싶었다. 그걸 증명하듯 이번 달은 학원을 쉬어야지 생각할 때는 마음이 무겁더니, 계속 갈 생각을 하니까 다시 가벼워졌다.

아이는 하고 싶은 일을 미루는 법이 없다. 삶에는 정답이 없다는 걸 이미 아는 사람처럼, 자기의 생각을 분명하게 말하고, 감정을 표현했다. 그 자유로움이 부러웠다.

그러다 문득 '내가 아이처럼 못 살 건 뭐지?' 하는 생각이 들었다. 춤을 배우면서 괜히 부정적인 생각들이 떠오를 때면 아이를 생각했다. 춤을 추면서 반복되는 실수에 혼자 내상을 입어도 '아이라면 실수해도 창피해하지 않을 텐데….' 하고 자책을 그만두었다. 창피함을 뚫고 계속 학원에 나갔다. 그러다 보니 묘하게도 행복하고 뿌듯한 순간이 더 많아졌다.

그렇게 동작이 틀려도 더 이상 상처받지 않을 만큼 춤추는 내가 익숙해졌다. 그리고 여기까지 왔다.

남의 시선이나 평가도, 과도한 책임감도 의식하지 않고 내가 좋아하는 일에 오롯이 집중할 때 비로소 자유로움이 따른다. 마음이 이끄는 길을 따라가는 사람의 움직임은 자연스럽다. 그 걸음걸음을 멈추지 말고, 외면하지도 말며 계속 지켜 나가자고 다독였다. 나의 춤이 어디까지 나아질 수 있는지 기대하며 앞으로도 킵 고잉(Keep Going)할 것이다.

# 2부

## 저글링 하듯 더 재미있게 사는 법

가끔 상상한다. 춤도 문자나 말처럼 일상 속에서 자신을 표현하는 하나의 언어가 된다면 어떨까? 특정 상황이나 재능 있는 누군가만 춤을 추는 것이 아니라, 살아가면서 드는 생각이나 감정을 누구나 춤으로 표현하는 것이 자연스러운 모습이라면? 세상이 지금보다 더 말랑말랑해지고, 웃는 빈도도 즐거움을 느끼는 사람도 더 많아지지 않을까?

"디자인, 그림, 글, 춤. 네 개의 공을 즐겁게 저글링 하는 창작자."

요즘의 나를 소개하는 한 문장이다. 이 네 가지는 내가 좋아하는 것들로 내 삶을 구성하고 있는 키워드이기도 하다. 공통적으로 자기 자신을 밖으로 표현하는 일들이다.

평생 하고 싶은 네 가지 일. 디자인, 그림, 글, 그리고 춤은 큰 범주에서 보면 '예체능이자 놀이'로 내가 더 건강하고 성장하는 삶을 살 수 있게 한다.

춤에 입문한 지 얼마 되지 않아 긴장하던 때였다. 땀에도 종류가 많다는 걸 난 춤을 배우면서 깨달았다. 간신히 선생님의 동작을 따라 하며 흘린 진땀과 마른땀, 격한 운동으로 난 땀으로 뒤범벅된 채 온갖 땀을 닦으면서 생각했다. '앞으로 춤은 내 인생 운동이 될 것 같아!' 지금 내 동작이 박자와 따로 놀고, 몸뚱이가 마음대로 안 되는 것과는 전혀 상관없었다. 예술을 사랑하는 나에게 귀로 들리는 음악의 멜로디와 몸으로 리듬을 표현하는 춤은 그 자체로 매력적인 종합 예술이었다. 운동이 되는 건 덤이다. 내 방에서 혼자 처음 춤을 추던 날, 나는 인생이 더 건강하고, 유익하고, 재미있어질 거라고 직감했다. 그 강렬한 첫 경험은 내 마음을 흔들어 춤에 대한 호기심을 일깨웠다.

*

'춤'을 알게 되었다고 해서 드라마틱한 변화를 기대하지는 않았다. 그저 나를 즐겁게 해주는 새로운 취미라고 생각했다. 그러나 춤은 세상을 해석하는 렌즈를 하나 더 갖게 해 주었다!

철학자 니체의 책『차라투스트라는 이렇게 말했다』에서, "춤추지 않고 지나간 하루는 그 하루를 제대로 살았다고 할 수 없고, 웃음이 동반되지 않은 진리는 진짜 진리라고 할 수 없다."라는 문장을 만났을 때는 머릿속이 반짝 빛났다. 삶을 무겁고 심각한 것으로 여기지 않으려면, 경쾌하고 가볍게, 진정한 자유를 누리며 살려면 춤추고 웃는 법을 배워야 한다는 내용이었다. 인상적이었다. 우연히 내 삶에 들어온 춤이 그때부터 좀 더 특별하게 느껴졌다.

그러던 어느 날, 유튜브에서 조승연 작가가 "제대로 된 모든 고등교육에는 춤이 반드시 포함되어야 한다."고 니체 철학을 설명하는 영상을 보았다.

니체는 왜 춤을 고등교육에 포함해야 한다고 했을까? 조승연 작가는 이렇게 말했다. 발로 추는 보통의 춤은 물론, 아이디어로도 춤을 출 수 있고, 단어나 펜을 가지고도 춤을 출 수도 있다고. 그 이야기를 들으면서 무릎을 쳤다. 니체의 관점에서 생각해보면, 텍스트와 도형 등의 요소들이 아이디어와 손잡고 춤을 추면 디자인이 되고, 캔버스 위에서 컬러와 선들이 춤을 춘 흔적은 그림이 된다. 상상력을 더해보면 요리란 프라이팬 위에서 야채와 재료, 양념이 춤추며 만든 결과물 아닐까? 살아서 스스로 움직이는 모든 것은 물론, 외부의 물리적인 힘으로 움직여지는 것도 모두 춤을 추고 있다. 이런 상상을 한 이후로 존재하는 모든 것들이 재미있고 귀엽게 보였다.

인생이라는 무대의 주인공인 내가 디자인, 그림, 글, 춤이라는 네 개의 공을 즐겁게 저글링 하는 모습도 스텝과 리듬, 박자를 맞춰 추는 춤 같다. 명랑하고 유쾌하게, 춤추듯 살아가는 내 모습이 머릿속에 그려진다. 요새는 음악에 맞춰 몸을 움직이는 것만 춤이 아니라, 디자인과 그림, 글쓰기 모두가 각각의 영역에서 추는 춤이라는 생각으로 살고 있다. 사람과의 관계 속에도, 주고받는 대화 안에도, 목표를 계획하고 해나가는 과정도 한 곡의 춤처럼 그것만의 멜로디와 리듬, 강약과 포인트가 있지 않을까? 더 재미있게 살아가는 비밀을 알아낸 것 같아 마음이 실룩거린다.

## 춤추는 네가 사랑스러워 보이는 법

글이나 그림은 결과물로만 남는다. 하지만 춤은 모든 과정까지도 함께 보게 된다. 전자는 늘어난 목티 아래 반바지로 가장한 남편의 사각팬티를 입고 미간에 내 천(川) 자를 새기며 작업했는지, 아니면 모니터 앞에서 커피를 마시며 여유롭게 작업했는지 독자나 관람자는 알 수 없다. 작업한 이의 마음만 글의 행간이나 캔버스의 여백에서 어렴풋이 느껴 볼 뿐이다. 후자는 다르다. 마치 주방이 오픈된 일식당과 비슷하다. 그런 식당에서는 요리사의 옷차림과 음식을 만들 때의 태도는 물론, 음식이 조리되는 과정부터 완성되어 내 앞에 전달되는 순간까지를 모두 다 볼 수 있다. 마찬가지로 춤은 춤추는 사람의 의상과 스타일, 표정과 태도를 비롯한 모든 과정이 —만약 실수를 했다면 그것까지 적나라하게— 보일 수밖에 없다. 수정할 수도, 숨

길 수도 없다는 것. 이건 꽤 두렵기도 하지만, 그래서 매력적이기도 하다.

요즘 배우고 있는 곡은 무려 이십오 년 전, 1997년도에 나온 소찬휘의 '현명한 선택'이다. 이 노래를 모를 수도 있는 Z세대를 위해 설명을 덧붙이자면, 시원하게 내지르는 고음 창법이 특징으로 무더운 여름과 딱 어울리는 곡이다.

내가 다니는 댄스학원은 비공개 온라인 카페를 운영한다. 거기엔 2008년도부터 지금까지 선생님이 가르치셨던 춤들이 아카이브처럼 저장되어 있다. 쌓여 있는 카페 글들을 무작위로 읽다가 가장 뒤쪽에서, 지금의 나보다도 더 젊었던 삼십 대의 선생님을 만날 수 있었다. 처음에는 풋풋한 선생님의 모습이 낯설어서 웃음이 났다. 그러다 오래전의 글과 영상을 하나씩 열어보기 시작했다. 하나, 둘… 어느 순간부터는 삼십 년 가까이 한 분야에 헌신하며 살아온 한 사람의 삶을 상상하게 되었다. 마치 100부작이 넘는 역사 드라마나 장편 소설 같다. 아무나 할 수 있는 일은 아니라는 생각에 숙연해졌다가, 중간중간 감초처럼 껴 있는 단풍놀이, 생일잔치, 신입생 환영회 등 학원 이벤트에서 찍힌 사진들을 보면서 다시 웃었다. 생생한 사진과 영상 덕분에 마치 댄스학원을 배경으로 한 한 편의 드라마를 본 것 같았다. 주연은 물론 선생님이다. 재미와 감동이 쏠쏠했다.

한참 딴짓을 하다, 잊어버린 원래 목적을 간신히 기억해내 2015년 선생님의 '현명한 선택' 영상을 찾아보았다. 신나는 멜로디에 어울리게 안무 역시 힘이 넘치고 동작도 컸다. 약 칠 년 전, 지금보다 조금은 더 젊었던 선생님이 화면 속에서 춤을 추고 있었다. 영상을 보면서 처음에는 멋있고 신난다고 느꼈다가, 그다음에는 몹시 사랑스럽다고 느껴졌다가, 마지막엔 알 수 없는 뭉클함이 남았다. 약 삼 분 정도의 영상 속에 한데 섞인 흥과 사랑스러움, 감동이 묘한 여운을 남겼다. 화면 너머로도 사람을 움직이는 이 강렬한 느낌은 어디서 온 걸까?

한참 생각하다 내가 내린 결론은 몰입이었다. 음악에 몰입해서 춤추는 선생님의 열정에 화면 밖의 나까지 동화되었던 거다. 몰입에 도달하기 위해서는 진실함이 필요하다. 아이들이 무언가에 몰입해서 노는 모습을 상상해보면 알 수 있다. 사람들에게 어떻게 보일지 고민하지 않고, 틀릴까 봐 머뭇거리지 않고, 자신을 믿고 거침없이 표현할 때 전해지는 에너지가 감동을 준다. 춤과 온전히 하나가 되어 즐기는 모습은 보는 이까지도 빠져들게 한다. 어떤 일이든 그 안에 몰입한 사람은 사랑스럽고, 어떤 분야든 오랫동안 헌신해 온 사람은 존경스럽다.

*

몰입이 보는 사람에게 주는 영향을 느끼고 난 뒤, 연습실에서 영상을 촬영할 때 내 몸으로 직접 실험해 보기로 했다. 선택했던 곡은 쿨의 '너이길 원했던 이유'였다. 안무와 동작이 완벽하지 않더라도 심각해지지 말고, 음악과 춤을 온전히 즐기면서 영상을 찍어보기로 했다. 그렇게 춤을 추면 어떤 에너지가 나올까? 궁금했다. 그전에는 예약한 시간 내에 틀리지 않게 춤을 추는 데에 급급했다. 절대 완벽하게 할 수 없다는 걸 알면서도 그렇게 '보이기' 위해 부단히도 애썼다. 이번 시도에서 그런 마음을 내려놓으니 결과에 대한 부담이 한결 가벼워지면서 과정은 더 즐거워졌다. 스텝이 음악에 맞지 않아도 개의치 않았다. 내가 음악을 듣고 춤을 추는 것을 즐기는 지금, 이 마음에만 집중하기로 했다.

- *춤출 때 너무 행복해 보여서 저도 미소 지으며 영상을 보게 되네요!*

- *표정에서도 신난 게 느껴져요. 보는 것만으로도 기분 좋아지네요.*

*- 활기차고 신나 보여요!*

SNS에 올린 연습 영상에 달린 댓글을 보며, 이번 실험은 성공적이라고 생각했다. '어디 부분의 스텝이 음악과 맞지 않아요. 틀렸네요.'라고 지적한 사람은 한 명도 없었다. 가장 기억에 남는 댓글은 '너무 사랑스러워요(하트)(하트)(하트).' 선생님의 영상을 보며 내가 느꼈던 신나고, 사랑스럽고, 뭉클한 기분을 남들도 비슷하게 느꼈다는 건 꽤 인상적이었다. 특히 사랑스럽다는 댓글을 보며, 그건 내가 잘 춰서가 아니라, 춤의 즐거움에 퐁당 빠져있는 내 모습을 보면서 당시 나의 감정에 동화되었기 때문일 거라고 생각했다.

그 전의 춤추는 영상들, 그러니까 잘하려고 힘이 잔뜩 들어갔던 영상에는 대체로 '대단하다, 멋지다.'와 같은 결과에 대한 댓글이 달렸다. 이번과 같은 느낌의 댓글은 찾아보기 어려웠다. 틀리지 않아야 한다는, 달성할 수 없는 완벽을 추구하는 고집스러운 태도 때문에 내 표정 역시 긴장 그 자체였다. 아무도 그렇게 해야 한다고 주문하지 않았는데도, 혼자 괜히 임무를 수행하는 듯 진지한 분위기였다.

춤은 시작부터 끝까지, 모든 과정이 보는 이에게 빠짐없이 전달된다. 음식으로 치자면 오픈 주방에서 나오는 요리라고 해야 할까. 요리사가 즐거운 마음으로 만든 음식은 비주얼이 조금 부족해도 맛있게 먹게 될 것이다. 춤도 다르지 않다. 몸으로 표현하는 법이 좀 엉성하더라도, 춤추는 사람이 음악과 과정을 온전히 즐긴다면 보는 이도 행복해지지 않을까?

춤을 출 때만큼은 어설픈 완벽주의의 옷을 벗고, 엇박자가 나도 신나고, 동작이 틀려도 즐겁고, 춤추는 그 자체를 진심으로 즐길 줄 아는, 마음껏 한없이 사랑스러운 존재가 되고 싶다.

## 몸치가 어쩌다 춤을 추게 되었나

지금은 내게 무엇보다 큰 힘이 되어 주는 춤이지만, 사실 춤을 추기 시작한 계기는 유쾌하지만은 않았다. 무기력의 끝자락에서 잡은 끈이 바로 춤이었다.

작년 봄, 아이는 계절이 바뀔 때면 피부가 심하게 건조해져서 힘들어했다. 그럴 때마다 나는 아이의 어려움을 해결해주지 못하는 부족한 엄마인 것 같아 깊은 좌절감에 빠졌다. 일도 인간관계도 내 마음 같지 않아서 수시로 불안해졌다. 감정을 담당하는 뇌의 회로가 고장이 난 것처럼, 힘든 날이면 나와 가장 가까운 아이와 남편에게 그 직격탄이 날아갔다. 잠깐 제정신이 돌아오면 미안해져 사과했다가 돌아서면 다시 구렁텅이에 빠진 것 같았다. 감정조차 마음대로 할 수 없다니. 못난 내 모습에 또 화가 났다. 평소 자기계발서를 열심히 읽어왔지만, 마음이 망가지자 성공한 사람들의 좋은 습관과 행동은 아무런, 아-무런 힘을 발휘하지 못했다.

며칠이 지나자 호르몬 폭격의 여파였다는 사실을 알게 되었지만, 이런저런 이유를 다 떠나서도 충격이었다. 그렇게 심한 감정의 파도와 맞서야 했던 경우는 흔치 않았기 때문이다.

걷기, 명상하기, 잠자기, 청소하기, 목욕하기, 글쓰기 등 엉망이 된 기분을 회복하기 위해서 떠오르는 모든 방법을 시도하며 애썼다. 하지만 기분이 나아져도 그 순간뿐, 감정의 늪에서 온전히 빠져나오기는 어려웠다. 제정신이 든 짧은 순간, 지푸라기라도 잡는 심정으로 인터넷에 '기분 좋아지는 법'을 검색했다. 걸어라, 써라, 먹어라, 자라, 다양한 방법 중에서 유일하게 시도해보지 않은 것 하나가 눈에 띄었다.

춤이었다.

유튜브에서 보게 된 '오 분 내로 기분 좋아지는 법'이라는 영상이었다. 영상에서는 사람은 본래 몸을 움직이지 않으면 부정적인 생각이 들고, 활발하게 움직일 때 긍정적인 생각을 하게 된다고 말했다. 그는 기분이 엉망일 때, 나아갈 길이 보이지 않거나 막연히 불안하고 우울할 때, 이유 없이 공허할 때도 그냥 미친 사람처럼 춤을 춰 보라고 권했다.

뭐? 춤을… 추라고? 진짜? 춤을?

춤이라니. 평소였으면 나와 상관없다고 여기고 지나쳤을 텐데, 그날은 희한하게 따라 해 보고 싶었다. 감정의 구렁텅이에 빠져 허우적거리는 나에게는 회복이 그만큼 간절했다. 어색하다며 저항하는 내면의 목소리를 간신히 몰아내고 몸을 일으켜 세웠다. 처음에는 어떻게 춤을 춰야 할지 몰라서 엉성하게 선 채로 '춤이란 뭘까? 어디서부터 시작해야 하지?' 생각했다. 음악이 필요했다. 조용한 걸 좋아해 평소에 음악을 잘 듣지 않는데, 수년 전 재미있게 봤던 무한도전 가요제가 갑자기 떠올랐다. 복고 패션을 입은 유재석이 특유의 다소 경박스러운 몸짓으로 신나게 춤추는 모습이 무의식에 강하게 남았던 것 같았다. 그렇게 유재석과 이적이 함께 불렀던 '압구정 날라리'를 플레이했다. 음악은 신나게 흐르는데, 몸은 몹시 어색하게 굳어 있었다. 심지어는 가만히 서 있는 것조차 낯설었다. 용기를 내 한 걸음을 뗐다. 조금씩 방안을 왔다 갔다 하며 팔을 올렸다가 내렸다가 움직여 보았다. 그렇게 까만 새벽, 나의 작은 방에서 춤이라고 할 수 없는 움직임을 시작했다. 서서히 허리를 돌려 보고 엉덩이도 흔들어 보며, 신체 어느 한 부위도 가만히 있지 않도록 몸의 모든 근육을 움직여 보려고 노력했다. 부정적인 감정에서 벗어나고 싶은 딱 그만큼 동작도 점점 키워 나갔다. 일반적으로 '춤'이라 부르는 모양새는 아니었다. 당시 내가 추었던 건 차라리 기도에 가까웠다. 그건 서부 개척 시대에 미국의 탄압으로 고향을 잃은 인디언들이 그들의 세계가 회복되길 염원하며 추었다는 유령 춤과 같은 생존의 움직임이었다.

춤이 뭔지는 모르겠지만, 손을 위로 뻗고 흔들면, 허리와 엉덩이를 돌리면 춤이라고 할 수 있지 않을까? 그런 생각을 하며 앞으로 걸었다가 뒤로 걸었다가, 몸이 원하는 대로 아무 생각 없이 되는대로 움직였다.

처음에는 춤을 추기 위해 서 있는 모습이 '야, 이게 뭐야. 너 뭐 하냐?' 싶을 정도로 거북하고 낯설었다. 그다음에는 아무도 없는데 '누가 날 보는 거 같아.' 하며 주변을 의식하는 내가 있었다. '이상하다, 이상해. 지금 이 기분 너무 이상해.' 그런데 처음 겪어보는 오묘한 감정을 지나오자 이번에는 웃음이 났다. 이 새벽에 방에서 혼자 수년 전 무한도전 가요제 노래에 맞춰 춤을 춰보겠다고 쭈뼛거리다 점점 몸을 격하게 움직이는 내 모습이 웃겼다. 피식 새어 나온 웃음에 기분이 바뀌다가 마지막에는 마음속에서 어떤 뭉클함이 솟았다. 눈물이 날 것 같았다. 아니, 눈물이 났다. 불쾌한 기분과 불안은 춤을 추면서 내 몸에서 다 빠져나간 듯했다. '잘 살아 보려고 애쓰는 너를 몰라줬나 봐. 힘들었지?' 짠한 마음이 들다가, 마침내는 나 자신을 이렇게 다독일 수 있었다.

'그래도 스스로 우울의 계곡에서 빠져나오려고 노력하고 있구나. 그래, 괜찮아질 거야.'

그날 이후 매일 아침 루틴처럼 혼자 춤을 추고 하루를 시작했다. 춤이라고 하기도 민망한 몸짓이었지만, 오늘도 잘 보내 보자고. 힘내라고. 너는 살아 있다고. 내가 나에게 보내는 응원과도 같아서 진지하게 임했다.

이 방구석 댄스가 몸치인 내 춤의 시작이었다.

## 벌써 권태기? 뭐 했다고 슬럼프?

직장 생활도 3, 6, 9, 12… 삼 개월 혹은 삼 년 단위로 고비가 온다더니, 춤도 다르지 않았다. 왜 이렇게 자주 오는 걸까? 수시로 포기하고 싶은 내가 못나 보이기도 했다. 그래도 고비를 넘길 때마다 느낀다. 그만두고 싶을 때 어떻게든 버티고 넘어가면 실력이나 마음가짐 둘 중의 하나는 반드시 나아져 있다는 것을.

슬럼프는 내가 나에게 주는 어떤 신호였지만, 안타깝게도 그 괴로움이 온몸을 통과하고 있을 때는 전혀 알아차리지 못했다. 하지만 일 년 동안 그만둘 위기를 서너 번 겪으면서, 슬럼프에도 패턴이 있다는 것을 어렴풋이 알게 되었다. 나의 경우 춤의 재미보다도 '어렵다'는 생각이 지배해버렸을 때 포기하고 싶어졌다. 어려우니까 못하겠고, 못한다는 생각만 드니까 학원에 가기가 싫었다. 무엇보다 춤을 못 추는 나를 견디는 일이 가장 힘들었다.

첫 번째 고비는 학원에 다닌 지 삼 개월 만에 찾아왔다. 선생님께 카톡으로 '삼 개월의 고비가 온 것 같다, 어렵다는 생각만 들어서 한두 달 쉬고 싶다.'는 내용을 빙빙 돌려서 말씀드렸다.

선생님은 고비가 너무 빨리 온 거 아니냐고, 원래 춤을 배우는 데에는 시간이 필요하다고 말씀하셨다. 이대로 포기하면 앞으로도 춤은 못 할 것 같다고도. '지금 쉬면 정말 영영 춤을 못 추게 될까?' 선생님의 카톡을 보며 곰곰이 생각하다가, 내일 뵙겠다고 답을 드렸다.

수십 년 동안 학원을 운영하신 선생님은 회원들도 그만큼 수도 없이 보셨을 거고, 나처럼 다음 달에 다시 오겠다는 말만 남기고 사라진 사람들 역시 많을 것 같았다. 그렇게 다시 학원으로 돌아오지 못한 사람들의 심정도 이해가 되었다. 그러나 내가 그중 한 명이 되고 싶지는 않았다. 처음이라 당연히 어려운 건데, 단지 '어렵다'는 이유로 그만둔다면 후회할 것 같았다.

쉴 게 아니라, 왜 어렵다고 느끼는지를 한번 정리할 때라고 판단했다.

돌아보니 즐길 때는 재미있었고, 잘하려고 할 때는 어려워졌다. 그렇다고 잘하고 싶은 마음이 잘못되었다는 건 아니다. 당연하다. 성장하고 싶은 마음은 무언가를 배우고 자발적으로 연습하게 하는 원동력이 된다. 게다가 스스로 나아지고 있고, 하다 보면 더 좋아질 거라는 기대와 희망이 꺼지지 않아야 배움을 지속할 수 있다.

나에게 슬럼프가 왔던 첫 번째 이유는 '빨리' 잘하고 싶었던 마음이 앞서서였다. 거쳐야 할 과정을 건너뛰고 결과만 바라니 잘 될 리가 없었다.

여기서 그만두는 대신 나아지기 위한 새로운 방법이 필요했다. 그래서 먼저 학원에서 배울 때 '어렵다, 쉽다'는 판단을 아예 하지 않기로 했다. 뇌는 내가 느끼고 생각하는 대로 받아들인다는 말처럼, '어렵다'는 생각 때문에 더 어렵게 느껴지는 것 같았다. '모르는 것을 배운다. 새로운 동작은 재미있다. 몸을 움직인다.'는 마음으로 하기로 했다. 시간이 필요하겠지만, 동작을 하나하나 살펴보면 못 할 것도 없을 거라고 다독였다.

두 번째 문제는 내게 과한 양과 빠른 진도였다. 다양한 실력을 가진 사람들이 함께 배우다 보니 내 수준에 맞게 알려 달라고 부탁드리는 건 현실적이지 못했다. 그럼 나는 어떻게 해야 할까? 고민하다가 남편에게 물었다.

"자기야, 학원 선생님 진도가 너무 빨라서 못 따라가겠어. 버거워. 어떻게 하지?"

"그걸 다 배우겠다고 생각하지 말고, 하루에 딱 한 동작만 배운다고 생각해. 할 만해 보이는 쉬운 동작 위주로! 나머지는 과감하게 버려."

"진짜? 그렇게 해도 돼?"

"왜 안 돼? 지금은 몸이 안 되잖아. 되는 거라도 해야지."

소화할 능력이 되지 않는 동작은 일단 보내고, 할 수 있는 것만 하는 것! 지금 몸이 할 수 있는 만큼만 받아들이자고 생각을 정리하니 할 만해졌다. 어차피 한 곡 안에서도 같은 동작은 여러 번 반복되었고, 그렇지 않더라도 계속 배우다 보면 다른 곡에서도 응용되어 다시 연습할 기회가 왔다.

그렇게 왕왕초보였던 내가 삼 개월째에 맞은 첫 번째 위기, 포기 직전의 고비를 간신히 넘어갔던 기억이 난다.

솔직히 그 후로도 약 일 년 동안은 잊을 만하면 그만두고 싫어졌다. 그래도 지금껏 지속할 수 있었던 건 격려하고 지지해준 남편, 아이, 선생님, 친구들과 이내 삐뚤어진 마음을 추스르고 다른 방법으로 나아가 보려고 고민했던 시간 덕분이었다.

가장 최근에 슬럼프를 간신히 넘기고 오랜만에 학원에 갔을 때의 일이다. 십 년 가까이 다니신 회원님이 내게 이렇게 말씀해 주셨다.

"하다 보면 한 번씩 권태기가 와. 초반에는 조금 더 자주 오는데, 춤이 익숙해진 다음에도 한 번씩 오더라. 다들 그렇게 넘어가면서 십 년 넘게 하신 거야. 나도 그랬어."

나만 못나고 유별난 게 아니구나 싶어서 위로가 되었다. 다시 힘을 내기로 했다.

그렇게 나름대로 '슬럼프'와 '권태기'의 전문가가 되었다고 자부하는 요즘, 친한 동생이 내게 물었다.

"언니, 잘하고 싶은데 잘 안돼서 재미없고 짜증 날 땐 어떻게 해요?"

질문을 듣자마자 춤이 떠올랐다.

"나는 좋아하고 잘하고 싶은 일이라면 욕하면서도 계속 해. 잘하고 싶은데 잘 안돼서 짜증 나는 마음을 참고 하다 보면 실력도 나아져 있더라. 지금 이거 너무 좋은 현상이야. 딱 성장하기 직전!"

'나는 춤은 안 되나 보다, 여기까지만 하자.'는 마음이 들 때마다 '벌써 권태기야? 뭐 했다고 또 슬럼프야?'라는 생각이 짝꿍처럼 따라오곤 했다. 그 기복도 싫었지만, 그만둬서 끈기 없는 사람이 되는 건 더 싫었다.

억지로라도 몇 번의 슬럼프를 넘다 보니 알게 되었다. 이번만 잘 넘기면, 진짜 이번만 잘 넘기면, 상황은 또 달라져 있다는 사실을! 사람 마음 참 알 수 없는 것이, 지난주에는 배우기 어려워서 하기 싫다고 수업도 빠지고, 진짜 여기까지만 할 거라고 다짐했는데, 그 힘든 순간을 넘기고 나니 또 춤이 새롭고 재미있어진다. 사람 감정은 이렇게 손바닥 뒤집듯 쉽게 변한다. 그래서 앞으로도 숱한 슬럼프를 겪을 미래의 나도, 춤을 포함하여 새로운 무언가를 배우기 시작한 당신도 잊지 말았으면 좋겠다. 마음에서 치는 파도를 피하지 않고 어떻게든 타고 넘어가다 보면, 자기 삶에 춤이 있어서, 또는 좋아하는 일이 있어서 즐겁고 행복하다고 콧노래가 나오는 순간이 반드시 다시 찾아온다는 사실을 말이다.

유난히 어렵게 느껴지는 동작도 언젠가는 지나가듯 감정도 그렇게 지나갔다. 노래에 끝이 있듯, 슬럼프와 권태기에도 끝이 있었다.

## 즐거움, 당신 안에 이미 있는 것

용기를 내고 싶다면, 용기 있는 사람 가까이에 있으라는 말을 들은 기억이 있다. 상대의 용기를 보는 것만으로도 긍정적인 에너지가 전달되어, '나도 해보고 싶다, 할 수 있지 않을까? 도전해 볼까?'와 같은 생각이 떠오른다고 한다. 그리고 그 에너지에 동화되어 무언가를 시도했다면, 그건 이미 내 안에 있던 용기가 타인의 용기에 공명했기 때문이라는 이야기였다.

사람은 오직 자신이 가지고 있는 것에만 반응하게 되어 있다. 춤도 마찬가지다. 누군가 춤추는 모습을 보며 스스로 몹시 즐겁다면, 그건 이미 자기 안에 춤추고 싶은 욕망과 즐길 에너지가 있기 때문일 것이다.

어쩌면 난 그동안 대단히 착각하며 살았는지도 모르겠다. 나이를 먹을수록 '무엇이든 잘 해내야지, 주변의 인정을 받아야지, 실수하지 말아야지, 생각이 깊어야지, 진지해야지.'와 같이 허세 가득한 마음만 들었다. 그 덕에 사십 년 가까이 대부분의 사람에게 '차분하다, 참하다'는 인상을 주며 살았다. 실제로도 나는 말로 표현하기보다 혼자 속으로 생각과 상상을 많이 하는 편이긴 하지만, 마음 한편으로는 '꼭 그렇지는 않은데' 싶기도 했다. 하지만 누군가와 가까워지고 친해지려면 시간이 필요했고, 친밀하게 자주 만나는 사람도 역시 많지 않아서 나의 장난스럽고 가벼운 면은 아이랑 놀 때나 드러나곤 했다.

특히 아이가 대여섯 살이 되었을 무렵에는 말보다는 몸으로 놀곤 했는데, 그때가 가장 즐거웠다. 아이에겐 음악만 있어도 충분했다. 로봇이 나오는 만화 주제곡 '헬로 카봇'이나 '미니특공대'를 들려주면, 어깨나 팔, 고개의 각을 맞춰서 로봇처럼 춤을 췄고, 악당 춤에는 격한 몸짓으로, 악당다운 못되고 익살스러운 표정을 더했다. 노래를 선곡하면 엉덩이를 좌우로 실룩거리고, 가슴을 흐느적거리면서 그루브를 타듯 리듬에 몸을 실었다. 아이는 알프레드 디 수자의 시, 『사랑하라, 한 번도 상처받지 않은 것처럼』의 첫 구절 "춤추라, 아무도 바라보고 있지 않은 것처럼"과 같이 그 누구도 의식하지 않고 두려움 없이 춤을 췄다. 그런 아이가 자유롭고 행복해 보였다. 내 안에 존재하는 어린아이도 멜로디에 유영하고 있는 아이와 같이 놀고 싶어 엉덩이를 들썩거렸다. 그리고 내게 조용히 속삭였다. '나도 춤추고 싶어. 나도 할 수 있을까? 따라 해 볼까?' 순수한 즐거움에 동화되어 아이의 동작을 따라 하며 깔깔거리는 순간만큼은 심각할 일도 고민할 일도 걱정스러운 일도 없었다. 그런 것들은 모조리 손끝과 발끝, 머리끝으로 빠져나가서 사라져 버렸다.

춤을 추다 보면 아이랑 놀 때처럼 장난치고 까불고 싶어 안달 난 어린아이가 내 안에 존재하는 걸 느낀다. 김범룡의 노래 '그 순간'의 가사, '아-아- 아아아아아'에 맞춰 양손을 깍지를 끼고 머리 뒤에 받친 다음, 엉덩이를 좌우로 흔들 때면 멜로디와 동작의 즐거움에 심취해 더 가볍고 장난스럽게 춤추고 싶어졌다. 아마도 지금은 까마득히 잊어버린 어렸을 적 내 모습이 이러지 않았을까, 하고 상상해 본다.

올해부터는 한 달에 하나씩 연습한 영상을 SNS에 올리고 있다. 그 과정이 즐거워서인지, 영상을 봐주시는 분들도 함께 즐거워해 주신다. 그리고 간혹 '자신은 몸치이지만, 너무너무 춤을 배우고 싶다.', '(나의 댄스 영상을 볼 때마다) 댄스학원에 다니고 싶다는 충동이 든다. 아이들 앞에서만 정신줄 놓고 추는데, 나도 춤추는 걸 좋아하는 것 같다.'는 등 덩달아 춤추고 싶다는 댓글이 달리기도 했다. 내가 아이의 순수한 즐거움에 동화되어 춤추고 싶었던 것과 마찬가지로, 댓글을 주신 분들도 내가 춤추는 모습을 보고 내면에 있던 귀여운 까불이가 깨어나 몸을 들썩거리는 거라고 생각한다. '나도 춤추고 싶어. 나도 할 수 있을까? 따라 해 볼까?'라며 속삭이고 있는 게 아닐까. 이미 그 분들 마음에는 춤을 즐길 유연하고 즐거운 에너지가 있다. 그러니 그 마음 그대로 춤을 췄으면 좋겠다.

기분이 좋으면 엉덩이를 실룩거리는 아이를 보면 춤은 자신을 표현하고자 하는 인간의 욕망이자 본능이 아닐까 싶어진다. 누구든 내면에 각자 어린 시절의 천진난만하고 장난스러운 아이가 존재하지 않을까? 지금까지 살아온 여정을 돌아보니 가장 행복했던 시절은 학교에 가기 전이었다. 나와 다른 사람을 비교하지 않았고, 어른들에게 일방적으로 비교당하지도 않았다. 지나치게 경쟁하지 않았고, 탐욕스럽게 더 가지려 하지도 않았다. 그저 아이스크림 하나만 있어도 세상 행복했고, 음악 하나만 있어도 신나게 놀 수 있었다.

아이는 할까 말까 고민하지 않는다. 하고 싶으면 하고 아니면 만다. 단순하다. 사랑을 표현할까? 참을까? 마음을 재지 않는다. 표현하고 싶으면 하고 아니면 만다. 웃고 싶으면 마음껏 웃고, 슬플 때는 엉엉 운다. 아이들은 감정을 솔직하게 표현해서 마음이 건강하다. 용서를 잘하고 뒤끝이 없어서 에너지가 밝다.

어른이 된 지금 그 시절의 어린 나를 불러낼 수 있다면, 충분한 행복을 느끼며 살 수 있지 않을까? 그런 생각을 해 본다.

아이처럼 살아 보자. 말처럼 쉽지는 않을 것이다. 우리는 다른 사람들의 시선에 맞춰 계속 자신을 검열하니까. 물론 사회생활을 잘하기 위해서는 외부의 시선을 신경 써야 할 필요도 있지만, 온전히 나만의 행복을 누리기 위해서는 그 신경의 스위치를 내려야 하는 순간도 있다. 아이처럼 말이다.

## 춤추고 싶은데 어떻게 시작하면 돼요?

"춤을 춰보고 싶은데, 어떻게 시작하면 될까요?"

춤을 잘 춘다기보단 즐겁게 추는 영상을 SNS에 하나씩 공유하다 보니 춤에 관해 묻는 사람들이 생기기 시작했다. 내가 처음 춤을 추기 시작했던 당시를 떠올리면 이렇게 답하고 싶다.

"몸을 일으켜 음악을 플레이하고, 리듬에 몸이 반응하는 대로 움직이면 돼요."

하지만 이 말은 마치 화가에게 그림을 그리려면 어떻게 해야 하는지 물었을 때, "눈앞에 보이는 것을 스케치북에 연필로 그려봐요." 하고 대답하는 것 같은 빤한 답이다. 이런 말을 들으면 "그걸 누가 모르나요?" 하고 불퉁하게 답하고 싶어진다. 사실이긴 하지만 상대가 원하는 답은 아니다. 궁금한 것은 춤을 시작하는 구체적인 방법일 터다. 그렇다면 어떻게 답을 드려야 할까. 춤을 처음 배울 때는 나도 궁금했다. 앞에서 춤추는 선생님은, 저 회원님은 어찌 저렇게 음악에 맞춰서 몸을 움직일 수 있는 걸까? 나는 이렇게 막막하고 어려운데.

지금까지 학생으로서 경험한 춤을 배우는 방법은 크게 두 가지였다. 하나는 춤의 기본기라고 하는 아이솔레이션, 바운스, 스텝, 웨이브 등 기술부터 하나씩 익히는 방법이고, 다른 하나는 바로 음악에 맞춰 동작을 배우는 방법이다. 여기에서 중요한 건 자신이 즐겁게 배울 수 있는 방법을 선택하는 거다. 배우는 방법은 다양하지만, 방법보다 더 중요한 건 재미이기 때문이다. 배우는 과정이 어렵더라도 재미를 느끼면 어떻게든 지속할 수 있으니까.

*

'배움의 방법' 하면 또 아이 이야기를 빼놓을 수 없다. 처음 학원에서 춤을 배우면서 어렵다고 느낄 때마다 아이 생각이 많이 났다. 당시 아이는 여섯 살, 한글을 떼겠다고 씨름하고 있었다. 기역, 니은, 디귿, 리을에서 '가나다라'로 알려주다가 아이에게 단어를 읽어보라고 하면 헷갈려 했다. '가'는 아는데, '가방'의 '가'는 못 읽는 식이었다. 도무지 아이를 이해하기 어려워서 다그치듯 물었다.

"여기서 '가'는 아는데 '가방'은 왜 못 읽는 거야?"

"모르겠어. 엄마, 내 머릿속이 어질어질 헷갈려."

그 뒤로 아이는 한글은 어렵고 재미없다고 여기는 듯했다. 한글 공부하자고 하면 아이의 작은 몸이 배배 꼬였다. 심지어 자신이 틀리면 엄마가 화를 낸다고 느꼈는지 맞고 틀리는지에 집착하기 시작했다. 그렇게 내 눈치를 보기 시작했을 때, 한글 공부를 접었다. '때가 되면 알게 되겠지.'라는 심정으로 내려놓았다. 대신 다시 아기 때처럼 그림책을 아이가 원하는 만큼 읽어 주었다. 다행히 그림책은 재미있어했고, 자연스럽게 익힌 한글도 많아졌다. 일곱 살이 되었을 때 아이는 모든 글자를 능숙하게 읽을 수 있는 건 아니지만 짧은 그림책 정도는 스스로 읽게 되었다.

그런데 내가 춤을 배워보니까 내가 딱 그때의 아이 같았다. 어질어질 헷갈렸다. 아이가 한글을 배우며 느꼈던 어려움을 나는 춤을 통해 온몸으로 겪는 중이었다. 앞에서는 얼떨결에 해낸 동작이더라도 뒤에서는 팔다리가 엉키거나 기억이 안 나는 경우가 부지기수였다. 직접 겪어보니 아이가 느꼈을 어려움과 답답함을 몰라주고 다그치던 게 미안했고, 한 글자 한 글자 깨친 아이가 대단하기도 했다. 내가 아이에게 했던 것처럼 선생님이 왜 동작을 그렇게밖에 못 하냐고 핀잔을 주거나 방금 알려줬는데 왜 모르냐고 화를 냈다면 어땠을까? 나도 아이와 별반 다르지 않았을 것이다. 춤은 어렵고 재미없는 거라며 흥미를 잃었을 게 뻔하다. 일찌감치 학원에서 도망쳐 춤추지 않는 사람이 되어있을지도 모를 일이다. 고로 무엇이든 배움의 시작에는 무조건 '재미'가 있어야 한다. 그래야 호기심이 생겨서 자신만의 방법을 찾고, 나아지고 싶은 마음에 스스로 연습도 하게 된다.

다시 생각해 보자. 춤을 어떻게 시작해야 할까? 댄스의 기본 움직임을 익히며 춤을 배우는 것은 한글을 기역, 니은, 디귿, 리을로 배우는 것과 닮았다. 누군가는 이 방법이 잘 맞을 수도 있다. 하지만 나는 아무리 가슴 아이솔레이션을 연습해도 어떤 음악에 어떻게 응용해야 할지 어렵게만 느껴졌다. 마치 한글 '가'는 읽어도 단어 '가방'은 못 읽던 아이처럼.

다른 방법, 한 곡의 전체 안무를 익히면서 춤을 배우는 방법은 한 권의 그림책을 읽는 것과 비슷하다. 그림책 안에서 한

글이 통문자로 인식되고, 이야기의 맥락과 연결되어 자연스럽게 터득되듯, 가사와 리듬에 맞춰 동작을 배우고 연결해서 한 곡의 전체 안무를 완성한다. 이야기가 재미있듯 노랫말과 리듬에 맞는 동작을 하는 것은 재미있다. 의미를 이해할 수 있다면 그림책에 담긴 모든 한글을 다 알지 못해도 언젠가는 자연스럽게 책을 읽게 되는 것처럼, 춤도 그렇지 않을까? 한 곡의 모든 안무를 완벽하게 습득하지 못해도 노랫말과 멜로디 위에 할 수 있는 동작을 하나씩 즐기며 쌓아나가다 보면 춤추는 자신이 점점 익숙해지고, 표현할 수 있는 동작도 하나, 둘 늘 것이다. 재미를 느끼며 자연스럽게 춤과 친해지는 과정이 있어야 지속할 힘도 붙는다. 처음 춤을 춘다면 쉬운 곡, 혹은 짧은 멜로디를 골라 그 안의 동작부터 하나씩 익혀보는 방법을 추천한다.

## 초보가 알려주는 춤추는 법 다섯 가지

사실 이런 글을 내가 써도 되나 싶은 마음도 있지만, 댄스 왕초보인 내가 춤을 배우면서 흐릿하게나마 알게 된 것을 왕왕 초보에게 나눈다는 마음으로 정리해 본다.

처음에는 동작이 너무 안 외워져서 내 머리가 나쁜 줄 알았다. 물론 아직도 어렵지만, 지금은 내 기억력이 나빠서라고 여기지는 않는다. 시간이 조금 지나고 생각해보니 무턱대고 한 곡의 안무를 한번에 다 익히겠다고 생각한 게 문제였다. 안무를 모두 익혀야 한다는 심적 부담감과 막막함이 춤을 금세 포기하고 싶게 만들었다.

어떤 배움이든 큰 흐름으로 보았을 땐 닮은 점이 많다. 그림을 배우는 과정, 그리고 춤을 배우는 과정에도 비슷한 점이 많았다.

예를 들어 초보 시절에는 다른 사람의 잘 만든 작품을 따라 해 보는 시간이 필요하다는 공통점이 있다. 그림을 처음 배울 때는 마음에 드는 작품을 따라 그려보는 모작이 큰 도움이 된다. 그 작품 속의 기술을 직접 손으로 익히면서 풍부한 표현력을 갖출 수 있다. 또, 그렇게 익힌 기술을 응용해서 자기만의 색깔로 재탄생시킬 수도 있다. 마찬가지로 춤도 누군가의 안무를 따라 출 수 있는 능력을 갖춰야 나만의 동작을 창작할 수 있지 않을까.

정리하자면 이렇다. 따라 하다 보면 잘할 수 있게 된다. 그렇다면 잘 따라 하려면 어떻게 해야 할까. 비교적 내가 잘 아는 분야인 그림과 연결해 나름대로 방법을 고민해 보았다.

**1. 관찰하기**

그림을 잘 그리려면 잘 봐야 한다. 즉 내가 눈으로 관찰할 수 있는 만큼만 그릴 수 있다. 관찰하기를 귀찮아하면 사물에 대한 이해가 깊어지기 어렵고 그림도 단조로워지기 마련이다. 춤도 마찬가지다. 바로 따라 하는 것보다는 먼저 세심하게 관찰하는 것이 중요하다. 손은 어떤 방향으로 움직이는지, 발동작은 어떤지, 춤 전체가 어떤 느낌인지 유심히 보다 보면 새롭게 느껴지는 것들이 있다. 물론 몸으로 표현하기는 아직 어렵지만 말이다.

### 2. 부분으로 자르기

처음 그림을 배울 때는 너무 큰 종이에 그리거나 화면을 꽉 채우게 그리기는 어렵다. 전체적인 구성이나 풍경 대신 정육면체 하나, 사과 하나부터 그려보는 게 좋다. 춤 또한 곡 전체 안무가 아닌 작은 부분 동작으로 잘라서 익히면 도움이 된다. 나는 이 깨달음을 충실히 활용해 보고자 '키네마스터'라는 영상 편집 앱으로 춤 영상을 부분 동작 별로 잘랐다. 길이는 십 초를 넘기지 않도록 했다. 그리고 0.6배속, 8배속, 1배속 등 속도를 조절해 느리게 반복되는 영상을 보며 연습했다. 한 동작씩 정복한다는 마음으로 내 몸에 새겨 넣으려 했다.

### 3. 동작을 이해하고 따라 하기

드디어 전체 안무를 따라 해 보는 시간이다. 그림으로 치면 모작해 보는 단계다. 충분히 관찰한 다음 손동작, 발동작을 하나씩 따라 해 보며 익힌다. 동작을 익힐 때는 에잇 카운트(원, 투, 쓰리, 포….)를 세며 동작을 보여주는 영상이 있으면 더 도움이 되므로 선생님께 도움을 요청하는 것도 방법이다. 그것이 어렵다면 앞서 부분 동작으로 잘라 둔 영상을 0.6배속이나 0.8배속 등으로 재생해서 보고 따라 하며 천천히 차근차근 동작을 익히자.

나는 보통 손과 발의 동작을 따로 할 때는 괜찮은데 한 번에 움직이려면 어려웠다. 스텝부터 익히고, 그 위에 손동작을 하나씩 얹는다는 생각으로 반복 연습했다. 심지어는 오른쪽과 왼쪽이 몹시 헷갈리기도 한다. 그럴 때는 일시 정지를 시켜 두고 팔과 다리의 방향을 확인했다. 그런 과정에서 처음에는 전혀 인지하지 못했던 다른 움직임도 세세하게 보게 되었다. 그 다음 연습할 땐 새로 발견한 동작을 익힌 몸짓 위에 또 얹는 방식으로 따라 하면서, 몸으로 생각하고 기억하고 익히는 감각을 찾으려고 노력 중이다. 물론 쉽지 않다.

#### 4. 내 몸으로 흡수하는 과정

이 단계는 슬프지만 나 역시 아직은 머리로만 알고 있다.

그림에서 모작의 다음 단계는 자신만의 선, 색감을 찾는 단계다. 나만의 색이 더해져야 모작도 원본과 다른 새로운 느낌으로 재탄생하는 것처럼, 춤도 마찬가지이지 않을까? 익힌 동작을 조금 더 자기답게 표현할 수 있는 방법을 고민하면 보다 개성 있는 춤을 출 수 있을 것이다. 즉, 흡수한 남의 동작을 내 몸으로 다시 표현해내는 과정이 필요하다. 동작의 순서를 기억하고 춤을 추는 것조차 어려움을 느끼는 초보라서 아직 의식적으로 내 스타일을 표현해본 적은 없지만, 언젠가는 그런 수준에 도달할 수 있지 않을까.

### 5. 그냥 춤추기

그림도 기술을 습득하려는 목적으로만 그리면 어렵고 지루하다. 입시 미술이 그토록 많은 미술 지망생을 패퇴시킨 것처럼 말이다. 수시로 낙서하고 끄적일 때만 맛볼 수 있는 원초적인 재미가 있는 것처럼, 춤도 동작을 익히기 어려우면 그냥 춘다. 마구 추는 막춤. 막춤에서만 느낄 수 있는 즐거움이 있다.

나는 아이랑 춤출 때면 늘 웃음이 난다. 아이의 춤은 타인의 시선을 의식하지 않고 자유롭다. 아이에게는 잘 춘다, 못 춘다는 기준이 없다. 그저 몸에서 나오는 흥겨운 몸짓이 곧 춤이고 그 모습은 사랑스러움 그 자체다. 아이와 함께 추다 보면 아이가 느끼는 즐거움이 내 마음에도 퍼진다. 꼭 배워내고야 말겠다는 마음으로 잔뜩 집중하고 긴장한 상태와는 완전히 반대다.

그보다 훨씬, 아니 비교할 수 없을 정도로 행복해진다. 그게 바로 내가 춤을 추고 싶게 된 초심이었다. 언제든 자유롭고 즐겁게 춤출 수 있는 나!

배우려는 마음이 자신을 힘들게 할 때는 막춤을 추면서, 무작정 낙서하면서 다시 처음의 즐거움을 회복할 수 있었으면 좋겠다.

## 될 때까지 파자! 안 되는 동작 연습하는 법

운동에서 어떤 기술을 완전히 체득하기 위해 반복적인 연습을 하는 것을 드릴(Drill)이라고 한다. 어렵고 안 되는 부분만 무한 반복해서 될 때까지 뚫고 나간다는 뜻이다. 계속 뚫고, 뚫고, 뚫으면서 마침내 단단한 바위에 구멍을 내고야 마는 드릴처럼 말이다. 설명만으로도 매력적이다. 최근 나는 몸으로 하는 운동의 매력을 온몸으로 느끼고 있는데, 그 이유는 바로 엉키는 동작을 '드릴' 연습 후 기어코 해냈을 때 맛보게 되는 쾌감 때문이다.

모든 곡을 열심히 연습할 수는 없었다. 엄마 역할과 일의 우선순위에 밀려 포기한 곡도 많았다. 하지만 물리적인 시간과 여유가 충분할 때, 마침 유난히 마음에 드는 곡을 만나면 드릴 연습을 했다. 잘 안되는 부분 동작을 구간별로 잘라 드릴로 뚫듯이 반복하고 또 반복했다. 확실히 동작 습득력이 훨씬 좋아졌다. 물론 댄서들처럼 멋있게 표현하지는 못했지만, 내 몸의 움직임을 이해하고 동작을 어느 정도 흉내 낼 수 있다는 것만으로도 만족스러웠다. 디테일은 연습을 반복하다 보면 조금씩 나아질 테니까.

이렇게 동작을 반복 연습할 수 있도록 만들어 주는 도구인 '드릴 영상'을 만드는 방법은 간단하다. 배우려는 춤 영상을 영상 편집 앱 '키네마스터'에 업로드해 어려운 구간을 십 초 미만으로 짧게 자른다. 배속을 0.7-0.8 정도로 느리게 한 다음, 다섯 번 정도 복사해 붙여 넣고, 그 뒤에 1배속 영상을 또 다섯 번 이어 붙인다. 이렇게 하면 한 동작 당 일 분에서 이 분짜리 영상이 만들어지는데, 이런 짧은 영상이 열다섯 개 정도 모이면 한 곡이 된다. 영상이 길지 않아 틈새 시간에 하나씩 연습할 수 있다는 것도 장점이다.

느린 배속으로 먼저 차근차근 이해한다. 따라 할 수 있게 되면 1배속 영상을 되풀이해 몸으로 익힌다. 이 과정을 열다섯 번 반복하면 한 곡이 완성된다!

반복하다 보면 처음에는 어색하고 안 되던 동작도 언젠가 되는 순간이 온다. 그런 순간은 자발적으로 찾아오지 않는다. 그냥 될 때까지 하는 것이다. 비가 올 때까지 계속 제사를 지내, 성공률이 100%라는 인디언 기우제처럼 말이다. 이렇게 곡을 마쳐도 여전히 엉성하기는 하다. 동작의 디테일에 차이가 있기 때문이다. 하지만 그런 부분은 전체적인 움직임을 완성한 다음 할 수 있는 만큼만 잡아 나가기로 한다. 처음에는 어떻게든 이동해야 하니 스텝을 먼저 익히고, 그다음 손동작을 익혀서 스텝에 맞춘다. 손과 발을 함께 움직이는 것이 자연스러워지면 목의 움직임 등 다른 신체의 각도와 방향을 눈여겨보고 하나씩 더한다.

하다 보면 드릴 연습용 짧은 영상도 익히기 어려울 때가 많다. 느린 배속으로 반복해서 보아도 이해되지 않는 경우가 부지기수다. 이 오른손이 어떻게 왼쪽으로 이동했는지, 여기에 있던 발이 어떻게 저쪽으로 옮겨 갔는지 도무지 알 수가 없다. 만약 이런 상태에 처해 있다면, 아직 춤에 대한 몸의 경험이 부족하다는 걸 일단 인정하자. 누군가의 춤 동작을 두어 번 보고 따라 하는 것은 원래 몹시 어려운 일이라고.

이럴 때도 방법은 있다. 더 작은 단위로 잘라 버리는 것이다. 더 이상 춤처럼 보이지 않는 미시 단위까지 말이다.

영상을 쪼개고, 쪼개고 끝까지 쪼개고 나면 마지막에는 사진 형태가 된다. 낯설고 어려운 부분은 한 동작, 한 동작 캡처한 사진을 보고 분석한다. '아, 오른손은 이렇게, 왼쪽 발이 여기, 몸의 방향은 이렇게.' 이런 식으로 동작 안에서 신체 하나하나의 위치와 움직임을 확인하고 이해한 다음 따라 해 본다. 그 동작이 되면, 다음 동작을 분석해서 연결하는 방법으로 연습한다. 가끔 그것조차 어려울 때는 몸의 움직임을 글로 써서 여러 번 읽은 다음 체화해 나간다.

(왜 갑자기 나 자신이 안쓰럽게 느껴지는 걸까? 혹시 선생님이 이 글을 보신다면… 저 이렇게 열심히 연습해 수업을 따라가고 있어요.)

언젠가 한 TV 프로그램에 출연한 가수 헨리가 바이올린을 연습하는 모습을 본 기억이 있다. 악보에서 아주 빠르고 어려운 구간이 나오자 그의 얼굴에는 당황한 표정이 역력했다. 그는 잠시 바이올린 대신 기타를 치며 기분을 전환했다. 그다음 안 되는 부분만 드릴로 파듯 꼼꼼하고 집요하게 연습 또 연습, 반복 또 반복했다. 'NO포기' 정신으로 결국 해내는 모습이 인상적이었다. 나 역시 무언가 하기 싫고 잘 안될 때마다 그 모습을 떠올린다. "시간만 투자하고 열심히 하면 다 된다고 생각해요."라며 노력하는 헨리의 태도가 내게 용기를 주었다.

한 곡의 안무를 다 익혀야 한다고 생각하면 어렵고 막막하지만, 작게 쪼개고 또 쪼개면 할 만해진다. 못 해낼 것 같은 동작을 몸으로 이해하고 해냈을 때의 성취감이란! 춤이 어려워도 쉽게 포기하고 싶지 않은 건 이런 순간들 때문이다. 내 몸과 마음이 통합되어 능숙하게 해낼 수 있는 동작이 많아질수록 춤은 더 즐거워진다. 안 되는 동작들에 지지 않고, 작게 잘라서 하나하나 기꺼이 뚫고 나갈 것이다.

## 동작의 앞뒤를 잘 연결하려면

*후에 지속되는 것은 앞에 왔던 것과 언제나 밀접한 관계가 있다. 왜냐하면 이것은 단지 사물이 개별적으로 분리되어 나가 그것이 불가피하게 순서를 갖게 되는 경우와 달리, 합리적으로 연결되어 있기 때문이다.*

*- 아우렐리우스, 『명상록』 중 -*

언젠가 새벽 마르쿠스 아우렐리우스의 명상록을 읽다가 시선과 마음이 오래 머문 문장이다. '합리적 연결'이라는 개념에 대해 곰곰이 생각하다가 또, 춤이 떠올랐다.

노래 한 곡에는 다양한 안무가 담겨있다. 몸 하나, 머리 하나, 팔 두 개, 다리 두 개로 구성된 신체로 표현할 수 있는 동작이 어쩜 이렇게 많을까. 팔다리의 개수가 더 많지 않다는 게 다행스럽다. 이런 춤 동작들은 하나씩 덩그러니 존재하지 않는다. 안무들은 또 다음 안무로 이어지고, 그사이의 관계를 이해하고 잘 '연결'해서 표현하는 게 춤을 배우는 사람의 과제다. 이걸 이해하지 못하면 스텝이 꼬이거나 박자가 맞지 않게 된다.

수업 때도 선생님은 '연결'이라는 단어를 자주 쓰신다. 춤은 운동처럼 부분 동작이 아니기 때문에 모든 동작의 앞뒤에는 상관관계와 이유가 있다는 것을 어렴풋이 알게 되었다. 예를 들면 오른발이 들려 있다면 바로 그 발로 이동을 해야 스텝이 꼬이지 않는다. 어떤 곡에서는 양팔을 들고 있다가 내리지 않고 바로 다음 동작으로 이어 나가야 박자가 맞는다. 이런 것을 이해하면 춤추기가 더 쉬워진다. 그런데 몸에 대한 이해가 현저하게 떨어지는 몸치일 때는 누군가가 차근차근 설명해주지 않으면 이 상관관계를 알아차리기가 참 어렵다.

가끔 유난히 동작이 안 나올 때가 있다. 동작 자체가 어려울 때도 있지만, 앞뒤 동작의 연결이 안 되는 경우도 많다. 분명 머리로는 다음 동작을 아는데 몸이 표현해내지 못하거나, 아예 잊어버려서 생각나지 않는 것이다. 선생님은 그럴 때면 '이 동작 다음에 이 동작을 할 것이다.' 하고 마음을 미리 준비

시키는 게 필요하다고 하셨다. 두 동작을 자연스럽게 연결하기 위해서는 각 동작의 연결성을 생각해서 대비해 두어야 한다는 뜻이었다.

순서를 쉽게 기억하려면 상상력이 필요하다. '들고 있는 왼발을 옆에서 한 번 딛고 오른쪽으로 돈다.', '이 동작은 손목시계 보듯이 한다.'와 같이 동작 사이의 연결을 이미지나 이야기로 이해하고 떠올릴 수 있으면 기억하기 수월해진다.

*

생각은 멈추지 않는다. 아우렐리우스 명상록에서 튀어나온 '연결'이라는 키워드는 춤을 거쳐 삶이라는 주제에 이른다. 다음 동작과 연결되지 않은 춤은 그대로 끝나는 것처럼, 삶에서 다음 단계로 '연결'되지 않는다는 건 곧 끝, 죽음일 것이다. 살아있는 한 삶이 그 사이에 멈추는 일은 없다. 심장은 계속 뛰고 시곗바늘은 쉬지 않고 돈다. 지나가는 현재는 과거와 밀접한 관계가 있고 지금 내가 행하고 있는 행동은 다가오고 있는 미래와 긴밀하게 이어진다. 어느 날 갑자기 내가 나와 관계없는 무언가가 될 일은 없다. 우리 삶엔 과거와 현재, 현재와 미래가 합리적으로 연결되어 있기 때문이다.

지금 형편이 좋아 보이는 사람이 있다면, 그건 하루아침에 만들어진 성과는 아닐 것이다. 준비한 시간이 차곡차곡 쌓인 결과가 지금이기에, 그가 해왔던 노력을 알게 되면 "아, 그래서…" 하고 납득하게 된다. 하지만 타인인 우리는 그가 지나온 과거를 하나하나 알지 못한다. 오로지 당사자만 알 뿐이다. 그래서 지금 당장 보이는 모습에만 반응하기 쉽다. 그러나 그건 어떤 한 사람의 현재를 올바르게 이해하기엔 너무 단편적인 태도가 아닐까. 누군가의 현재가 부럽다면, 그 감정에 빠져있을 게 아니라 내게 다가올 미래를 위해, 원하는 모습을 상상하며 그 미래와의 연결고리를 만들어야 하지 않을까 생각해 본다.

삶은 단 한 순간도 멈추지 않는다. 지속되고 이어진다. 지금을 중심으로 과거와 미래는 언제나 밀접한 관계가 있고, 서로 합리적으로 연결되어 있다는 것을 기억하려 한다. 춤을 출 때 다음 동작을 머릿속으로 미리 그려보고 준비하듯, 미래에 원하는 모습과 현재 준비할 수 있는 행동을 연결해서 이어 나가야겠다. 삶은 앞뒤의 관계를 연결해나가는 춤과 닮았다.

춤을 잘 추고 싶은 마음만큼 잘 살고 싶어진다.

## 메이트가 있어서 다행이야

댄스학원이 끝나고 집에 가는 길, 기쁜 마음으로 남편에게 전화를 걸었다.

"있지, 오늘 학원에 회원님이 오셨어! 너무 반가웠어!"

매달 1일은 학원 회비를 내는 날이다. 이날이면 누가 학원에 나왔는지 더 관심 있게 둘러보게 된다. 다음 달에도 나올 분이 누군지 알 수 있기 때문이다. 오래 다니신 분들은 대체로 변함없이 등록하시는데, 새로 오신 분들은 들쑥날쑥했다. 다음 달을 이어 등록하는 분도 있었지만, 갑자기 안 보이는 경우도 적지 않았다. 그럴 때면 나는 그분들의 안부가 궁금해지곤 했다.

내가 기다리던 회원님은 같은 달에 나보다 열흘 먼저 학원에 등록하신 댄스 메이트이자 동기셨다. 어느 달 1일에 그분이 안 나오셨을 땐 무척 아쉬웠다. '그만두신 걸까? 무슨 일이 있는 걸까? 내일은 학원에서 만날 수 있을까? 제발 그랬으면 좋겠는데.' 학원이 끝나고 집에 가는 걸음걸음마다 동기 회원님을 생각했다.

내 또래의 딸, 그리고 내 아이보다 한 살 많은 손자가 있다고 하셨던 회원님과 나는 약 스무 살 터울이다. 나이 차이만큼 또 다른 점은 의상이다. 나는 트레이닝복처럼 편한 바지에 티셔츠를 입고 다니는 반면, 회원님은 대체로 등 부분이 깊게 파여 있는 옷이나 치마바지와 같은 갖춰진 댄스 의상을 입고 오셨다. 동네의 작은 댄스학원이지만 자신을 가꾸듯 단정한 차림으로 운동하고 춤을 추시는 모습이 보기 좋았다. 가끔은 꽃다발을 안고 오시기도 했다.

아무튼 댄스 초보자이자 동기라는 공통점은 혼자 학원에 다니는 나를 조금은 덜 외롭게 했다. 선생님의 설명을 절대 한두 번에 알아듣지 못하던 나는 음악이 시작할 때부터 끝날 때까지 내내 버벅거리다가 곧 밀려오는 좌절감에 허우적댔다. 그럴 때면 내 옆에서 다부진 표정으로 느리게 허우적거리는 동기 회원님의 모습을 슬쩍 보고 안도감과 동질감을 느끼곤 했다. 인사 정도 나누는 사이였지만 마음으로는 퍽 의지하고 있었다.

대학교 때 동아리나 학과 술자리에서 심심치 않게 들었던, '동기사랑 나라사랑'이라는 구호를 댄스학원에서 떠올리게 될 줄이야! 군대 동기, 대학 동기, 댄스학원 동기… 무언가를 같은 시기에 같은 곳에서 시작한 '동기'가 있다는 것은 정서적 안정감을 준다. 학원에서 다시 회원님을 본 날 기쁜 마음에 "어제는 왜 안 오셨어요?" 하고 먼저 여쭈었더니, 일이 있어서 저녁 수업에 나오셨다고 하셨다. 그 뒤로 일 년 정도 회원님께 의지하며 함께 수업을 들었다. 동기 회원님의 다리가 아프기 전까지는. 다리가 불편하시다고 한 이후로 학원에서 못 뵈는 날이 하루, 이틀 늘더니, 언젠가부터는 아예 못 나오셨다.

십 년 넘게 학원을 운영하신 선생님이나 오래 다니신 분들은 갑자기 회원이 안 나오거나, 못 나오거나, 그만두는 상황들이 이제는 익숙한 듯했다. 짧지 않은 세월, 이곳을 스쳐 간 사람들이 얼마나 많았을까. 나도 그사이 학원 분위기에 적응해 처음 다닐 때만큼 외로움이 짙지는 않았지만, 유일한 동기였던 회원님의 빈자리는 생각보다 컸다. 그래도 몸이 회복되면 다시 나오실 거란 희망을 품곤 했는데, 현실은 내 기대와 달랐다. 한두 달이 지났을까, 동기 회원님이 오랜만에 학원에 나오셨다. 직접 표현하지는 못했지만 몹시 반가웠다. 하지만 회원님은 불

편했던 무릎이 회복되었다는 기쁜 소식 대신 다른 지역으로 이사를 가게 되었다는 작별의 소식을 전하러 오신 길이었다. 그래도 끝을 알 수 있어서 다행이었다. 안 그랬으면 언제쯤 건강을 회복해 다시 나오실까 내내 기다렸을 테니까.

학원을 일 년 넘게 다니다 보니 오래 다니신 분들 중에서도 한 번씩 갑자기 안 나오는 경우를 보게 되었다. 그러면 나는 '왜 안 나오실까?' 궁금해지곤 했다. 보통 사적으로 연락하는 사이는 아니니까 이유는 알 수 없었다. 그러다가 어느 날 불쑥 학원에서 다시 뵙게 되면 순간 반가운 마음이 꽃처럼 활짝 피어났다.

*

유튜브를 보면 친절한 댄스 선생님들이 많다. 학원에 가지 않아도 춤을 배울 수 있을 만큼 기초부터 하나하나 자세히 설명해준다. 심지어 영상으로 진행되니 반복 시청은 물론 예습과 복습도 언제든지 가능하다.

하지만 혼자 춤을 추거나 운동을 해보면 금방 알게 된다. 열정적으로 하고자 하는 마음을 홀로 지속하기가 얼마나 어려운지를. 조금 해 보다가 스텝이 꼬이면 금방 그만두고 싶어진다.

운동도 마찬가지다. 근사한 몸을 가진 트레이너가 찍은 퀄리티 좋은 홈트 영상을 보고 따라 해 보아도 습관이 될 때까지 혼자 해낼 확률은 거의 없다. 힘들면 그걸 버티는 대신 쉬고 싶어진다. 해도 그만, 안 해도 그만. 잘하고 있나 지켜보는 사람도 없으니까.

춤을 출 때도 그렇다. 아무리 춤을 좋아한다고 해도 혼자서는 에너지 넘치게 춤을 추는 게 쉽지 않다. 맨 앞에서 큰 소리로 구령을 붙여 주시며 누구보다 힘 있게 춤을 추시는 선생님, 그리고 부지런히 배우고 따라 하는 회원님들이 내 앞에 있기 때문에 나도 열심히 할 수 있게 된다. 의지를 믿지 말고 환경을 만들라는 말처럼, 같은 공간에 누가 있는지, 그곳이 어떤 환경인지에 따라 춤을 출 때 담아내는 에너지도 달라진다. 영향력은 그뿐만이 아니다. 선생님의 동작은 어렵게 느껴져도 내 앞에서 춤추는 다른 회원님의 동작은 따라 할 수 있겠다 싶을 때도 있는 것처럼, 우리는 환경 그리고 주변의 사람들과 어떤 형태로든 영향을 주고받는다.

엇비슷한 자리에서 같은 길을 걷고 있는 누군가의 모습은 배움을 지속할 수 있는 힘이 된다. 처음 춤을 배울 때는 동기였던 회원님이 있어 포기하고 싶은 충동을 매일매일 이겨낼 수 있었다. 여전히 헤매지만, 이만큼 해왔으니 이제는 처음 배울 때만큼 때려치우고 싶은 마음이 크진 않다. 그런데도 한 번씩 쉬고 싶은 마음이 슬금슬금 올라올 때면 선생님과 내 앞에 있는 분들을 떠올린다. 아무것도 안 해도 좋으니 학원에 내 몸만 데려다 놓자고만 생각한다. 막상 학원에 도착해 운동복 차림의 회원님들을 보면서 나도 자연스럽게 운동화로 갈아 신고 내 자리를 지키게 된다. 수업이 시작되면 앞에 있는 선생님과 회원님들, 음악에 의지해 한 동작씩 따라 한다. 언제 그랬냐는 듯, 조금은 할 만해진 마음으로 할 수 있게 된다. 함께할 수 있는 메이트가 있어서 다행이다. 고마운 분들이다.

## 왜! 뭐가! 어때서!

춤. 춤이라고 하면 무대에서 가수나 댄서가 음악에 맞춰 멋지게 춤을 추고, 그 모습을 보며 사람들이 환호하는 열기로 가득한 장면이 가장 먼저 떠오른다. 일상 속 종종 보이는 댄스 버스킹이나 수업 때 시연해주시는 선생님의 춤을 볼 때도 크게 다르지 않다. 누군가는 춤을 추고, 누군가는 즐거워한다. 춤은 몸으로 직접 추는 자와 그 모습을 보며 호응하고 박수치는 자의 합작품이다.

이렇게 생각해보면 춤에는 '멋짐'이라는 요소가 처음부터 함의되어 있는 것 같다. 춤추는 사람은 멋지다. 정확하게는 몸을 감각적으로 다루면서 능숙하게 잘 추는 사람은 멋지다. 반대로 동작이 엉성하고 춤을 '못 추는' 사람들은 환호받지 못한다. 가끔은 (비)웃음까지 사게 되므로, 굳이 나서서 춤을 출 이유가 없다. 그런 고난을 헤치고 초보 시절을 거쳐 살아남은 소수의 사람만이 무대나 사람들 앞에서 매력적인 몸짓으로 존재감을 거침없이 드러낸다. 춤추는 누군가가 근사하게 느껴지는 데에는 춤을 출 '자격'을 가진 사람이 소수라는 희소성과 자신이 하지 못하는 것에 대한 대리만족이 합쳐져 있는 건 아닐까.

처음 춤을 배우러 학원에 다닌다고 주변에 말했을 때, 대부분은 "네가?" 하고 의외라는 표정으로 웃었다. 춤 배우는 일이 웃을 일인가 싶다가도, 나 역시 되지도 않는 육신으로 춤이란 걸 춰 보겠다고 애를 쓰는 내 모습을 떠올리면 좀 웃겼다. 사서 무덤을 파고 싶지 않아서 주변에는 더 이상 알리지 않기로 했다. "저 헬스 시작했어요.", "저는 필라테스 해요.", "저는 요가 해요."라고 말하면 그냥 '그렇구나' 싶은데, "저는 춤 배워요." 하면 왜 웃음부터 나는 걸까? '춤' 하면 떠오르는 멋진 댄서들과 내가 전혀 매치되지 않아서일까? 거울 속 흐물흐물 움직이는 오징어 같은 내 모습을 가만히 보고 있으니 왜 웃는지 그 이유를 알 듯 말 듯 하다.

하지만 공교롭게도 댄스학원이 아이가 다니는 유치원 바로 건너편 건물에 있어서 주변에 끝까지 숨길 수는 없었다. 어느 날 지인들과 대화하던 중, 오전에 같이 운동하자는 이야기가 나왔다. 나는 묵묵부답으로 일관하다가 마침내는 학교 건너편 댄스학원에 등록했다고 밝히고야 말았다. 역시나 예상대로 "하하! 춤이요? 저 좀 웃어도 돼요?" 하며 웃어도 될지 허락을 구했다. 이건 정중하다고 해야 하나. "그래요, 괜찮아요. 마음껏 웃어요." 정확한 이유는 모르겠지만 지인들도 웃고 나도 웃었다. 그래, 웃음은 건강에 좋다고 하니까 나도 괜찮다.

다른 지인은 내가 춤을 배운다는 말을 듣고서는 정색을 했다. 몸치가 왜 돈을 내고 춤을 배우냐는 입장이었다. 그는 대신 헬스를 권했다. 운동은 건강해지고 보람도 있는데, 춤은 남는 것도 없고, 배워서 써먹을 데도 없다는 이유였다. 그에게 춤의 쓸모는 남들 앞에서 보이는 데에 있었고, 그건 몸치에게 절대 있어서는 안 되는 일이었다. 나는 비록 지금은 몸치지만 언젠간 탈출할 수 있을지도 모르며, 춤도 운동이 되고 재미있다고 주장해 보았지만 도무지 의견이 좁혀지지 않았다. 그날 대화는 끝없는 평행선을 달리다 끝나 버렸다.

남편은 큰 반응은 없지만 그럭저럭 협조적이다. 답정너처럼 "너도 잘 출 수 있어."라는 말이 듣고 싶어 그에게 "포기하지 않으면 나도 잘 할 수 있겠지?"라고 물으면, 그는 망설임 없이 "연습하면 충분히 할 수 있다."고 답해준다. 가끔은 "전보다 좋아졌다."는 긴가민가하면서도 어쨌든 기분은 좋아지는 칭찬도 해준다. 남편이 주는 희망과 약간의 과대평가 덕분에 춤을 지속하고 있다.

댄스학원에 등록한 날의 일이다. 아이는 내가 학원에 다니는 걸 모르게 하자고 남편과 입을 맞췄다. 종알종알 말 많은 아이가 알게 되면 여기저기서 이야기하는 건 시간문제였다. 신기하게도 예감은 틀리지 않는다. 동서네 가족까지 대가족이 시댁에 모두 모였던 어느 날, 내가 학원에 다니는 건 몰라도 집에서 춤 연습하던 모습은 자주 보았던 아이가 입을 열었다.

"우리 엄마 요즘 집에서 춤춰요. 춤 배워요. 엄마, 지금 춤춰 봐, 빨리!"

각자 다른 일을 하고 계셨던 가족들의 시선이 동시에 내게 멈추는 것이 느껴졌다. 잠시간 정적과 함께 뜨악해진 공기가 느껴졌다. '(며느리가/형수가/큰엄마가) 춤을?'

"큰엄마 요즘 춤춘대. 좋네, 재밌다. 보여줘요."라며 동서는 웃었다. '지금, 여기서, 갑자기, 춤을? 내가?' 요가를 한다고 요가 동작을 보여 달라고 하지는 않을 텐데, 춤은 왜 이렇게 반응이 다른 걸까? 남편과 나는 서로 쳐다만 봤다. 아직 어린아이는 어디서나 스스럼없이 춤을 추곤 하니까 비겁하지만 "오늘은 네가 보여줘." 하고 아이를 등 떠밀어 간신히 상황을 모면했다.

내가 춤을 배운다고 하면 대부분 이렇게 재밌다, 신기하다, 상상이 안 된다는 식으로 반응한다. 아무래도 멋진 사람이 춤을 추면 감탄이 나오지만, 나 같은 몸치가 춘다고 하면 우스꽝스러운 몸짓이 상상되어 웃음부터 나나 보다. 그래, 나 춤 못 추는 거 인정! 웃는 것도 좋다. 마음껏 웃으시길!

일 년 넘게 춤을 배우면서 주변의 반응에 스스로 작아질 필요가 없다는 것을 의식적으로 되새겼다. 춤을 배우는 데에 하등의 도움이 되지 않기 때문이다. '내가 춤을 배운다는데, 왜! 그게 뭐! 어때서!' 이 세 단어로 마음을 완전히 무장해 주변의 비웃음에도 끄떡없도록 강철 같은 비위와 마인드를 세팅했다.

사실 다른 사람들의 반응 정도는 괜찮다. 처음 학원에서 춤을 배우면서는 가장 가까이 있는 내가 내 마음을 쪼그라트리는 순간이 부지기수였으니까. 이건 더 나쁘다. 어디 다른 곳으로 피할 수도 없기 때문이다. 그때도 잊지 말고 떠올려야 하는 불멸의 세 단어, '왜!' '뭐가!' '어때서!' 구체적으로는 '(내 춤이) 왜!' '(못 추는데) 뭐가!' '(지금 내가) 어때서!'이다.

솔직히 내가 춤추는 모습, 아무도 관심 없고 신경 쓰지도 않는다. 거울에 비친 허우적거리는 나를 보며 '엄청 못 춘다.'고 스스로 내린 평가에 혼자 작아지는 것뿐이다. 이 세 가지는 그 생각을 잘라내기 위해 꼭 필요한 마법의 단어이자, 내가 나를 응원하는 마음의 외침이다. 비록 타인의 환호성과 박수는 없지만, 몸의 움직임에 호기심을 갖고 춤을 춰보려는 그 도전 자체를 기특하게 여기며 스스로를 지지해 주어야 한다.

왜! 뭐가! 어때서!

내 춤이 왜!

못 추는데 뭐가!

지금 내가 어때서!

정말이지 문제없다.

# 3부

## 댄스 왕왕초보가 왕초보로 진화하는 확실한 방법

어느 순간부터 춤을 추는 모습을 영상으로 찍어보고 싶다는 생각이 스멀스멀 들었다. 춤추는 내가 타인의 시선에는 어떻게 보일지 문득 궁금해졌기 때문이다. 거울 속 나를 보고 스스로 이렇다 저렇다 판단해 보자니 춤을 추는 시간은 찰나와 같았고, 동작은 멜로디와 함께 사라져 버렸다.

물론 생각일 뿐이었다. 실행에 옮길 엄두는 나지 않았다. 거울 속 나를 똑바로 보는 것도 무서운데, 두고두고 남는 영상이라니! 상상만 해도 먼지가 되어 사라지고 싶어졌다. 그래, 영상을 찍을 바에는 차라리 내 동작이 타인에게 어떻게 보일지 따위는 궁금해하지도 말자고 마음을 다잡았다.

지금 생각해 보니, 춤을 배우면서 남의 눈에 어떻게 보일지를 신경 쓰지 않으려 했던 노력은 왕왕초보 시절 꽤 긍정적인 영향을 미쳤다. 춤을 쉽게 포기하지 않게 했다. 봐주기 힘든 거울 속 내 몸짓을 어쩔 수 없이 마주할 때면 괴로워할지언정 그만두지는 않았다. 그런 과정에서 몸의 움직임 그 이상의 감각이 깨어난 걸까. 나를 바라보는 시선과 태도, 타인과의 관계, 내 인생에 대한 전반적인 사고 체계가 점점 새롭게 세워졌다. 춤을 배우면서 내적으로도 수없이 많은 변화를 겪었다. 재능이 없어서 어려웠던 순간은 셀 수없이 많았다. 하지만 돌이켜 보면 내가 할 수 있을 만큼만, 딱 그만큼만 조금씩 해나가려는 노력이 내 삶의 양분이 되었다.

그런 내면의 성장 덕분인지 이제는 타인의 시선이 막연하게 두렵지는 않다. 전보다 한층 더 단단해진 기분이다. 앞으로도 누군가의 시선이나 평가를 신경 쓰며 춤을 추지는 않겠지만, 그것과는 무관하게 내 실력을 한 단계 더 성장시키기 위해서 영상을 찍어 보기로 마음먹었다.

새해 목표를 세울 때, 매달 학원에서 배운 곡 중 하나를 영상으로 기록하기로 계획했다. 지금 내가 어떤 모습이든 기꺼이 받아들이고, 서서히 나아지는 모습을 기록해 보자는 의미였다. 한 달에 딱 한 곡만이라도 영상으로 촬영해볼 수 있을 정도로 연습하다 보면 실력이 향상되지 않을까? 그런 기대감으로 세운 목표였다.

어딘가 공개할 생각은 아니었지만 막상 촬영을 하려니 두려워졌다. 미루고 또 미루다, 일월이 거의 끝날 무렵이 되어서야 연습실을 예약할 수 있었다.

*

첫 목표 곡은 이효리의 'Do the dance'였다.

처음이라 한 시간으로는 촉박할 것 같아 두 시간을 예약했다. 아무도 없이 혼자 찍는 건데도, 공개 댄스 배틀이라도 나가는 것처럼 긴장되었다. 영상 속 내 모습을 보고 고개를 떨굴지도 모른다. 아니, 그럴 확률이 높다. 하지만 예약하는 순간만은 두려움만큼 설렘도 가득했다.

뭐 어때, 해 보자!

연습실에는 삼각대와 블루투스 스피커가 구비되어 있었다. 내가 챙길 것은 물통과 여벌 옷, 운동화 정도. 아, 남편도 어쩌면 준비물의 일종이라고 할 수 있을까? 함께 연습실에 간 남편은 내가 혼자서 촬영할 수 있도록 핸드폰 세팅을 도와주고 떠났다.

드디어, 촬영 전 마지막 연습이다. 땀이 많이 나서 여벌 옷으로 갈아입어 가며 이효리의 'Do the dance' 안무를 폭풍 치듯 격렬하게 반복했다.

시간을 내서 마련한 자리니까, 지금 할 수 있는 만큼은 최선을 다하고 싶었다. 집에서 연습할 때 안 되던 부분이 갑자기 성공하는 기적은 역시나, 없었다. 충분히 연습하지 못했다는 아쉬움도 있었지만 어쩔 수 없었다. 정해진 시간이 있으니 못하면 못하는 대로, 틀리면 틀린 대로 영상을 찍어야 했다.

영상을 남기기 전 주어진 마지막 연습 시간이라는 생각 때문일까, 평소 산만했던 내게도 이런 모습이 있었나 싶을 만큼 놀라운 집중력이 발휘되었다. 연습실 밖에서 들려오던 소음도 어느 순간부터 전혀 들리지 않았다. 오로지 노랫소리와 거울 속 내 움직임만이 머릿속을 채웠다. 이렇게 한 가지 일에 모든 신경을 집중시켜 본 게 얼마 만인지 모르겠다. 에어컨도 없는 작은 연습실이라 땀이 뻘뻘 나는데도 기분만은 좋았다.

이제 영상을 찍어 볼 시간이다. 예상한 대로 동작을 계속 틀렸다. 틀리고, 또 틀리고. 그만큼 연습, 또 연습. 집중하다 보니 체력 소모가 컸다. 되던 동작도 슬슬 헷갈리기 시작했다. 어떻게 했더라? 여기서는 스텝을 어떻게 밟았지? 도저히 안 되겠다 싶을 때는 선생님의 영상을 다시 보았다. 그래도 틀리고, 다시 찍고, 또 틀리고, 다시 찍고, 틀리고, 다시, 틀리고, 다시…. 더는 못하겠다 싶을 때쯤 두 시간이 끝났다.

실수 없이 끝내지는 못했다. 하지만 어떻게든 촬영을 마치고 나니 성취감이 솟았다. 마치 책거리를 한 것 같은 기분에, 선생님께 연락을 드렸다. 방금 촬영하고 왔다고 전하면서 영상을 보내드렸다. 놀랍게도 아직 더 날 땀이 남아 있었는지, 이번에는 쑥스러워 또 땀이 났다. 투척하다시피 전송하고 멀리멀리 도망가려는데, 미처 메신저 창을 닫기도 전에 선생님의 답장이 도착했다. '장족의 발전!' 그리고 '(박수)'. 춤이 어렵다고 못 하겠다고 징징거렸던 순간들이 주마등처럼 스쳐 지나갔다.

연습하는 동안, 혹은 선생님의 칭찬 덕분에 쏟아진 도파민 때문일까? 원래 공개할 계획은 없었지만, 너무 만족스럽고 뿌듯해 주변에도 공유하고 싶어졌다. 용기를 내 SNS에 영상을 올리기로 마음먹었다. 막 게시 버튼을 누르려는데 손끝이 살짝 떨려왔지만, 에이, 뭐 어때! 그냥 올려 보자는 생각으로 눈을 꼭 감고 버튼을 눌러 버렸다.

그렇게 올린 첫 번째 영상에는 그동안 올렸던 게시물 중 손에 꼽을 만큼 많은 '좋아요'와 댓글이 달렸다. 살짝 걱정했던 것과는 달리 마음이 따뜻해지는 칭찬과 응원, 격려만 가득했다. 거기에서 또 용기를 얻어 양가 부모님께도 고백했다.

"저… 춤 배워요! 벌써 일 년 다 되어 갑니다!"

그리고 영상을 돌려보며 함께 웃었다. 내 움직임이 누군가를 행복하게 만들 수 있음이 나를 더 기쁘게 했다. 내 삶에 들어온 춤을 오래오래 즐기며 함께 하겠노라고, 왕왕초보에서 왕초보로 거듭났던 그 순간 생각했다.

## 동영상 촬영의 장점 세 가지

기록에는 시간이 지날수록 어떤 힘이 응축되는 듯하다. 과거에 누군가가 남긴 흔적의 궤적을 따라가다 보면 그 기록 속의 인물이 걸었을 발자취가 생생히 그려진다. 그는 어떤 생각과 마음으로 그간 마주한 상황들을 건너왔을까. 그걸 상상하다 보면 마음이 저릿할 때도, 웃음이 날 때도 있다. 가끔은 눈물이 차올라 앞이 흐릿해지기도 한다. 기록은 시공간을 초월해 다양한 감정을 전달한다. 새롭게 시작할 힘과 조용한 위로를 건네기도 하고, 아픔이 있다면 회복될 수 있도록 돕기도 한다.

최근 나는 글, 그림일기, 사진과 영상 등 여러 형태로 일상을 기록하고 있다. 원래부터 꼼꼼하게 기록해왔던 건 아니다. 나에게도 임신과 함께 경단녀이자 전업주부가 될 수밖에 없는 현실이 두려웠던 때가 있다. 하지만 막상 아이를 낳고 온전히 육아에 집중하는 엄마의 삶도 살아보니 나름대로 행복했다. 다만 깨달음은 있었다. 영원히 지속될 줄 알았던 순간도, 지나고 나면 아무것도 남지 않는다는 것. 비단 지난 삶에 대한 아쉬움 때문만은 아니었다. 새로운 행복 때문이기도 했다. 아이가 네 살이 되었을 무렵, 이렇게 자그마하고 사랑스러운 아이와 함께한 말랑말랑한 하루하루가 어떤 흔적도 없이 사라져버린다는 사실이 퍽 아쉬웠다. 당시 과거를 추억할 수 있는 매개라고는 정리할 엄두도 못 낼 만큼 방대한 양의 사진뿐이라는 것을 알아차리고서야 소소한 일상과 떠올랐던 생각, 느꼈던 감정을 블로그에 글로 그림으로 남기기 시작했다. 가끔 지난 기록을 펼쳐볼 때마다 새롭다. 그 기록에는 아이와 함께 성장하려고 애쓰는 내가 있었다. 유난히 힘들어 투덜거릴 때도 있었고, 이만큼 행복하다고 웃고 있을 때도 있었다. 긍정적인 기록이든 부정적인 기록이든 돌아볼 때마다 모두 나를 다독였다. 이런 날도, 저런 날도 있다고, 그래서 하루하루가 소중하다고 말이다.

이제는 매달 나의 춤을 영상으로 꾸준히 기록해보기로 했다. 나의 변화 과정이 궁금했고, 미래의 나를 위해 추억을 선물처럼 남겨두고 싶었다.

무엇보다 기록하겠다고 마음먹으니 연습할 때 집중력이 높아졌고, '이 정도까지는 추고 싶다.' 또는 '이 부분은 해내고 싶다.'라는 긍정적인 욕심도 들었다. 실력이 조금씩 나아질 수밖에 없었다. 또 그렇게 스스로 노력한 결과로 얻은 영상을 본 주변 사람들이 전하는 지지와 칭찬은 지속할 힘을 충전시켜 주었다. 예상치 못한 보너스를 받은 것처럼 기뻤다. 그러면 또 잘하고자 즐겁게 노력하려는 선순환의 고리가 만들어졌다.

그렇게 처음 영상을 찍고 일 년이 지난 지금까지도 매달 학원에서 배운 곡 중 하나를 골라 촬영하고 있다. 이렇게 춤을 영상으로 기록하면서 느낀 좋은 점을 세 가지로 정리했다.

**1. 슬럼프가 왔을 때 과거의 열정을 확인할 수 있다**

아무리 좋아하는 일도 하다 보면 침체기가 오기 마련이다. 몸이 아플 수도 있고, 실력이 제자리걸음 같아서 실망스러울 때도 있으며, 일에 치여 마음의 여유가 없을 때도 있다. 춤이 좋다고 해도 늘 좋기만 한 것은 아니었으니까. 솔직히 최근에도 그런 적이 있었다. 남편의 회사 일로 힘든 시기를 통과할 때였다. 학원을 그만둬야 할까? 좀 쉬었다가 할까? 싶은 마음이 들었다. 하지만 그때, 전 달 촬영했던 영상을 보니 다시 힘을 내 보고 싶어졌다. 스스로 한 곡의 안무를 익히기 위해서 했던 노력과 연습, 그 과정 안에서 발휘했던 집중력과 열정을 영상 속 과거의 나를 보며 상기할 수 있었다. 그렇게 다시 나아갈 수 있는 힘이 생겼다.

### 2. 셀프 피드백이 된다

영상을 찍어서 자신의 춤추는 모습을 보는 데엔 생각보다 큰 용기가 필요하다. 거울 속 나를 응시할 수 있기까지 육 개월이 걸렸던 내게 영상 촬영은 더 어려운 도전이었다. 하지만 쉽지 않은 만큼 보는 눈도 그만큼 달라진다. 제삼자의 시선으로 자신의 춤을 보다 보면 자연스럽게 셀프 피드백이 된다. 한 번에 보이는 이상한 동작도 있고 여러 번 봐야 알아차리게 되는 어색한 동작도 있다. 그래도 계속 관찰하다 보면, 평소 내가 몸을 어떻게 움직이는지 알 수 있게 된다. 알았다고 해서 바로 동작을 수정할 수 있는 건 아니지만, 다음에는 눈에 띄었던 딱 한 부분이라도 의식해서 연습하게 된다.

### 3. 성장 과정을 볼 수 있다

언제 촬영하겠다고 구체적인 날짜와 시간을 정해서 연습실을 예약하면 평소 춤을 배우고 연습할 때의 태도가 완전히 달라진다. 굳이 의식하지 않아도, 하나라도 더 배우려고 집중하고 노력하게 된다. 영상을 찍기로 나와 약속했으니까! 아무렇게나 출 수는 없으니까! 그렇게 집중력을 발휘한 연습을 통해 조금씩 실력이 나아지게 되고, 영상으로 기록함으로써 매달 성장 과정을 볼 수 있다.

실제로 '이 곡은 촬영 안 할래.' 하고 마음먹은 곡을 연습할 때는 내 뇌와 몸이 완전히 태도를 달리했다. 마음이 느슨해져 연습 때도 수업 때도 적당히 임했다. 모든 곡에 늘 진심을 다할 수 있다면 좋으련만, 사람은 어쩔 수 없이 해야만 하는 상황에 밀어 넣어야 정신을 차리게 되나 보다.

춤 실력과는 살짝 무관한 한 가지 보너스가 있다. 바로 추억이다. 영상을 촬영할 때면 남편과 아이가 연습실에 함께 가 준다. 내가 연습할 때 남편은 카메라의 위치를 잡아주고 아이는 연습 도우미를 가장해 귀여운 방해 공작을 펼치는데, 이렇게 찍힌 영상들은 나중에 보면 자연스러워서 오히려 더 좋다. 영상에 살짝 들어간 남편의 목소리, 아이의 장난스러운 동작, 긴장하지 않은 자연스러운 내 표정. 한 장면 한 장면이 모두 추억이 된다.

특히 기억에 남는 건, 두 번째 영상인 황세옥의 '결론'을 찍을 때였다. 당시 아이도 겨울 방학을 맞아 두 달 동안 함께 댄스학원에 다니고 있었다. 2016년에 태어난 아이가 까마득한 1994년도 노래를 따라 부르며 함께 춤을 추곤 했는데, 그 모습은 볼 때마다 사랑스러웠다.

두 번째 촬영은 유독 힘이 들었다. 촬영하는 날의 폭풍 NG. 동작이 안 되던 부분이 연습 없이 한 번에 되는 법은 절대로 없다. 무수히 틀린다. 찍고, 찍고 또 찍고, 다시 찍고, 무한 반복하는 과정 안에 내가 있었다. 예약한 시간은 째깍째깍 에누리 없이 줄어드는데, 계속 동작을 틀리니 잔뜩 조바심이 났다. 땀이 안 나려야 안 날 수 없는 상황, 하필 이날은 긴팔 남방을 입어서 겨드랑이가 젖는 사태까지 겪었다.

그래도 끝은 있었다. 또 한 곡을 또 영상으로 기록한 내게 스스로 전한 한마디, "수고했어."

촬영 전날까지 장염에 걸린 아이를 나흘 동안 간호하느라 나도 조금 지쳐있었는데, 연습실에서 음악 듣고 춤추면서 회복되는 기분이 들었다. 지금도 그 영상을 보면 떠오른다. 치열하게 일상을 살아낸 내 모습, 힘든 와중에도 함께 와 준 가족들에 대한 애틋함, 그리고 그 모든 일들에도 결국 한껏 집중해 내 마음이 원하는 바를 외면하지 않고 한순간 살아냈다는 기쁨이.

## 나가 보자, 스트리트 댄스 콘테스트!

토요일, 아이가 빌린 책을 반납하러 가족끼리 도서관에 갔다가 게시판에 붙어있던 한 포스터를 보게 되었다. 아니, 포스터가 나를 강렬하게 쳐다보는 바람에 내가 그 방향으로 이끌렸다는 말이 더 정확하겠다.

- *수원 로데오 콘테스트*

포스터에는 그렇게 적혀 있었다. 순간 나는 이렇게 말했다. 미처 생각을 거치기도 전에.

"자기야, 이거 봐 봐. 나 스트리트 댄스 부문에 공모할래."

"어, 진짜? 정말 하려고?"

남편은 가만히 있어도 큰 눈을 동그랗게 뜨고 나를 쳐다보았다. 그의 눈빛에는 '네 춤 실력으로? 무슨 망신을 당하려고? 그냥 가만히 있어. 하려면 혼자 해. 나한테 뭐 시키지 마.' 등등 많은 이야기가 담겨 있다는 걸 본능적으로 감지했다.

"왜? 내가 참여하는데, 문제 있어?" 지금 이 순간을 부정하고 있는 그의 생각들을 건조한 말투로 때려눕혔다.

"말리고 싶은데…." 한 방에 K.O. 쓰러진 채 꿈틀거리며 조그맣게 토해내는 그의 말이 끝나기도 전에, 조용하지만 확실하게 말했다.

"뭐? 난 할 거야, 무조건!"

그렇게 새로운 도전이 시작되었다. 공모 내용은 이러했다. 목적은 수원역 근처 로데오 상권의 활성화. 내용은 지정한 상권을 배경으로 한 오 분 내의 댄스 영상을 유튜브에 올린 뒤 그 링크를 제출하는 것. 춤의 장르도 다양했다. K-pop 커버댄스, 힙합, 비보잉, 락킹, 창작 안무 등 선택의 범위가 넓었다. 학원에서 주로 K-pop으로 춤을 배우고 있는 댄스 초보인 나도 시도해볼 수 있을 것 같았다.

"자기야, 이번 주말에 우리 다 같이 수원역에 다녀오자."

춤을 출 장소를 물색하기 위해 먼저 수원역 로데오 상권에 직접 가서 분위기를 보기로 했다. 일명 '현장 조사'. 늘 역사와 연결된 백화점만 다니다 보니 콘테스트 지정 상권인 역전시장과 매산 시장, 로데오 거리는 처음이었다. 서로 멀지 않은 장소인데도 분위기가 모두 달라 흥미로웠다. 촬영을 해야 하니까 전체적인 구도를 상상하며 걸었다. 완전히 새로운 시각으로 풍경을 바라볼 수 있었다. 온갖 프랜차이즈 식당과 카페, 규모 있는 샵과 젊은 친구들로 바글바글한 로데오 거리보다는 작은 가게와 식당들이 줄지어 있는 시장 풍경이 더 끌렸다. 세련된 멋은 없어도 아기자기한 볼거리들이 가득했고, 약간 어설프지만 자연스러운 분위기도 매력적이었다. 어디가 좋을까? 재미있겠다고 생각하며 걷고 있는데, 남편이 물었다.

"사람이 이렇게 많은데 할 수 있겠어?"

아, 또, 또다. 본인에게 참여하라는 것도 아니고, 춤은 내가 춘다는데, 왜 자꾸 할 수 있는지 없는지를 묻는 걸까? "할 수 있을 것 같으니까 현장 조사도 나온 거잖아, 이 사람아!" 하고 말하고 싶었지만, 그의 도움이 필요했기에 잠자코 동문서답을 했다.

"자기야, 여기서 촬영하면 어떨까? 옆에 역전시장 캐릭터도 있고, 뒤의 식당 풍경도 괜찮지 않아? 춤은 최근에 배운 싸이의 '이제는'으로 해야겠다! 다음 주에 연습실 예약해야지. 자기가 금요일에 휴가 쓰고 촬영 도와줄 수 있어? 시원이랑 같이 오면 시간이 더 걸릴 것 같으니까 유치원 보내고 와서 후딱 찍자. 블루투스 스피커랑 삼각대도 사야겠네. 그건 내가 알아볼게."

가만히 듣던 그는 더 이상 내게 콘테스트 참여 여부를 묻지 않았다. 무언가에 꽂힌 상사에게 맞춰 주는 부하 직원처럼 해탈해 '어차피 벌어질 일'이라고 여기며 모든 일에 순응했다. 다가오는 금요일에 순순히 휴가를 썼고, 내가 준비하려고 했던 삼각대와 블루투스도 인터넷으로 알아보고 주문해 주었다. 스피커가 도착하자 핸드폰과 아이패드에 연결해 테스트를 해 보았고, 삼각대가 도착했을 때는 핸드폰 장착법과 높이 조절 등의 사용법을 숙지했다. 모든 게 순조로웠다.

선택한 곡은 싸이의 '이제는'이었다. 안무는 내가 따라 할 수 있을 만한 동작으로 구성된 댄스 영상을 유튜브에서 골랐다. 그 영상에는 원곡의 포인트 안무도 있었지만, 유튜브 댄스 선생님이 변형한 동작들도 있었다. 안무 사용에 대한 허락을 받아야겠다고 생각했다. 춤 동작의 저작권에 대해 깊이 생각해

본 적은 없지만, 만약 상이라도 받게 될 경우 혹시라도 생길 수 있을 문제를 미리 방지하는 차원이었다.

아무튼 춤추고 싶은 몸치들에게 이런 영상은 정말이지 소중하다. ‘복잡하고 어려워서 못 하겠네.’ 겁먹고 포기하고 싶은 마음을 걷어내고 ‘해 볼 수 있지 않을까?’ 싶게 만들어 준다. 유튜브 선생님의 인스타그램 계정을 찾아서 자초지종을 설명했다.

- *안녕하세요, 저는 취미로 춤을 추고 있습니다. 춤이 어렵고, 동작도 어설픈 몸치이지만 신나고 재미있어서 지속하고 있습니다.*

본론에 앞서 내가 몸치임을 먼저 밝히는 것이 더 중요하게 여겨졌다. 유튜브 선생님이 나의 춤 영상을 보게 될 경우를 미리 염려했기 때문이다. 자기소개를 마치고 한시름 놓인 마음으로 본론으로 들어갔다.

- *최근 선생님께서 올려주신 '이제는' 영상을 봤습니다. 기존 안무를 쉽게 재구성해서 초보인 제가 그나마 흉내 내며 신나게 연습할 수 있었습니다. 감사드립니다. 이 곡으로 K-pop 커버 댄스 지역 공모전에 참여해 볼 계획인데요, 혹시 선생님의 안무로 영상을 만들어도 될까요?*

시간이 흘러 기다리던 답이 왔다. 선생님은 자신의 안무가 도움이 되어서 기쁘다고 말씀해 주시면서, 영상을 찍는 걸 흔쾌히 허락해 주셨다. 온라인으로 처음 대화를 나눠본 분이지만 내 도전을 진심으로 응원해주시는 마음만은 깊이 느껴졌다. 춤이라는 매개를 통해 멀리서나마 서로 연결되는 듯한 기분이었다.

감사 인사를 드리면서 생각했다. '내가 이렇게 적극적인 사람이었던가?'

그렇지 않았다.

나는 춤을 배우면서 성격이 개조된 전형적인 케이스였다. 디자이너라는 직업의 특성상 섬세하게 일을 해야 하는 데다가 본래 성격도 생각이 많은 어설픈 완벽주의자였다. 내 기준에 준비가 충분하지 못하면 실행하기까지 오랜 시간이 걸렸고, 생각에서만 그친 일들이 수두룩했다. 완벽하지 않으니까 행동하기 두려웠다. 어설픈 완벽주의는 자신의 실수를 용납하지 못하도록 만들었다. 부족한 내 모습을 보느니 차라리 행동하지 않는 쪽이 마음 편했다. 그러면서 먼저 앞으로 나아가는 사람들을 보면 때로 몹시 부러워하거나 질투심이 삐죽거리곤 했다.

그럴 때면 쿨한 척 못난 마음을 감추려고 애썼다. 그건 또 자존심이 상하니까.

하지만 몸치로서 춤을 배우는 과정은 적나라했다. 수많은 실수, 그리고 부족한 모습을 매일매일 마주해야만 했다. 그 거북함은 피할 수도, 감출 수도 없었다. 인정하고 받아들이고 솔직해져야만 했다. 이것을 내 몸으로 이해하는 과정에서 나를 막고 있던 벽 하나에 금이 가는 것이 느껴졌다. 완전히 무너지기까지 많은 시간이 필요했지만, 아니, 여전히 그 과정 중에 있지만, 일의 크기와 상관없이 마음이 끌리면 실행했고, 실패했고, 때로는 이루었다. 한마디로 나는 서서히 달라졌다. 누군가의 도움이 필요하면 청하고, 싫은 건 싫다고 거절하며, 못하는 것과 할 수 있는 것을 구별할 수 있게 되었다.

춤을 배우면서 뼈에 새겼다. "생각을 움직이고 몸으로 행동하라."

그러니 이번 콘테스트 참여는 나에게 있어, 또 한 번의 '행동'이 될 것이다. 결과가 어찌 되든, 남 앞에서 매번 성숙하고 완성된 모습만 보이려던 내 강박을 깨고 온전히 과정만을 즐겨보고 싶었다.

준비가 끝났다. 스트리트 댄스 콘테스트 참여에 필요한 물건들을 완비했고, 확인해야 할 부분들을 모두 체크했다. 가까운 조력자의 협조를 얻어 냈고, 멀리서 온 유튜브 선생님의 응원까지 받았다. 내 마음도 준비를 마쳤다. 이제 충분한 연습과 촬영, 즉 직접 몸으로 해내야 하는 실질적인 실행 단계만 남아 있었다.

## 나는 내 갈 길, 당신은 당신 갈 길

어느덧 남편과 콘테스트 영상을 촬영하기로 한 날이 되었다.

미리 조사해둔 장소로 가는 지하철 안, 내릴 역이 가까워져 오자 두근거리는 심장이 느껴졌다. “조금 떨리긴 하네….” 나는 조그맣게 말했다. 콘테스트 공모 포스터를 마주한 순간부터 지금까지 준비하면서 떨리거나 두려운 마음은 들지 않았다. ‘잘 해내야 한다’, ‘틀리면 망신이다’, 아니면 ‘꼭 상을 받아야 한다’ 같은 목적이 없었기 때문이다. 댄스 전문가도 아니고, 심지어는 취미로 춤을 춘다고 하기에도 실력이 어설프다는 걸 누구보다도 잘 알고 있었다. 그런 내 참여 목적은 지극히 단순했다. 춤이 좋아서 그냥 해 보고 싶었다. 연습실에 챙겨 간 티셔츠 두 개가 땀으로 푹 젖을 만큼 마지막까지 최선을 다했다. 잃을 게 없어서, 느낄 두려움도 없었다. "할 수 있겠어?" 확인차 묻는 남편의 질문만이 불필요하게 느껴졌다. "다 멋지게 잘 추는 참가자들만 있다고 생각해봐. 누구를 뽑아야 할지 심사위원들도 얼마나 머리가 아프겠어. 나같이 엉성한 실력으로 참가하는 사람도 있어야 그 사람들도 쉬어 가고, 심사도 수월하겠지."

준비하는 과정을 즐기자는 마음뿐, 어설프고 부족한 내 춤이 부끄럽지는 않았다. 춤은 춤일 뿐이고, 이게 지금 내 모습인걸 어떻게 하겠는가?

이렇게 의기양양하게 대답했지만, 촬영 장소가 가까워지자 조금씩 떨리기 시작했다. 왜 이리 떨리지? 낯선 장소, 낯선 사람들의 시선 때문인가? 지금까지는 집이나 학원, 늘 가는 연습실에서 춤을 춰본 게 다였다. 익숙한 사람들과 익숙한 장소에서만 춤을 췄던 거다. SNS에 춤 영상을 올리긴 했지만, 핸드폰 화면 밖에서 내 춤을 보는 시선까지 직접 느낀 적은 없었다. '저것도 춤이라고….' 같은 시선으로 나를 보는 사람이 있을지도 모른다는 생각이 들자 살짝 두려워졌다. 하지만 어쩌겠나. 긴장을 지금 당장 멈출 방법은 딱히 없었다. 그저 두려움을 인정하면서 남편의 팔에 매달리다시피 팔짱을 끼고 걸었다.

드디어 촬영 장소에 도착했다. 시장이라 오가는 사람들로 주변이 꽤 분주했다. 남편은 어깨에 메고 온 삼각대를 펼치고 스피커를 꺼냈다. 집에서 숙지한 사용법대로 하나씩 장비를 준비하는 동안, 나는 안무 영상을 처음부터 끝까지 다시 살펴봤다. 마침내 준비가 다 되었다. 촬영을 시작했다. 한 번, 두 번, 세 번… 분명히 동작을 다 외웠다고 생각했는데 내 몸은 갑자기 있지도 않은 새로운 동작을 만들어 내면서 계속 틀렸다. 한 번 당황하자 다음 동작이 생각나지 않았다. 남편과 신호가 맞지 않아서 시작도 안 맞고, 박자도 엉망이었다. 그 와중에 힐끗힐끗 보는 사람들의 시선이 느껴지기도 했다. 몸과 영혼이 분리되는 기분이 들 때쯤, 남편이 촬영을 멈추고 제안했다.

"안 되겠다. 처음부터 영상을 쭉 보면서 동작과 순서를 그려 보고 다시 찍자."

남편의 말에 고개를 끄덕였다. 잠시 생긴 쉬는 시간 동안, '나 여기서 지금 뭐 하고 있는 거지? 왜 시장에서 춤추고 있는 거지?' 처음 콘테스트에 참여하고 싶었던 마음을 다시 떠올려 봤다. 정답은 내가 춤추는 것이 좋으니까, '그냥' 시작한 거였다. 사람들에게 칭찬이나 인정을 받기 위해서가 아니었다는 걸 기억해내자, 긴장되었던 마음이 한결 누그러졌다. 느낌 괜찮아, 다시 해 보자!

다시 시장 한가운데에 섰다. 음악이 시작되자 남편이 신호를 주었다. 최선을 다해 고개를 흔들고 골반을 튕겼다. 적당히 추면 동작이 작아 보인다는 걸, 촬영했던 영상을 다시 돌려보고 느꼈다.

초심을 다시 떠올리고 나서부터는 다른 사람들의 시선이 느껴지지 않았다. 어차피 그들 또한 나를 힐끗 보고 지나갈 뿐이었다. 그리고 확실히 깨달았다. 사람들은 타인에게 크게 관심이 없다는 것을. 내가 열심히 골반을 튕겨도 모두 제 갈 길을 갔다. 나 역시 내 갈 길을 갔다. 넓은 길 위에서 사람들은 각자의 방향을 향해 자기만의 속도로 지나갔다. 급한 사람은 뛰었고, 누군가는 느긋하게 걸었다. 호기심이 생기면 잠깐 멈춰서 춤추는 나를 구경하기도 했지만, 그건 날 평가하는 눈빛은 아니었다. '아, 저 사람은 지금 춤을 추고 있구나.' 정도. 나도 더 이상 남들의 시선에 신경 쓰지 않기로 했다. 다시 볼 사람도 아니라는 사실은 내게 묘한 쾌감과 해방감을 주었다. 긴장은 완전히 사라져 버렸다. 두 발을 딛고 서 있는 이곳 그리고 현재에 집중하기로 했다. 내가 할 수 있는 만큼, 준비한 것만큼 즐겼다.

이날 나는 확실한 한 가지를 마음에 새겼다. 내가 하고 싶은 것들을 주저하지 말고 더 마음껏 시도하며 아낌없이 살아야겠다는 다짐을. 이렇게 하는 게 맞나? 남들이 어떻게 볼까? 누구보다 더 잘해야지 등 행동의 잘잘못을 따지고, 타인의 시선을 지나치게 의식하거나 누군가와 비교하는 건 나를 나아가게 하는 데에 아무런 도움이 되지 않는다는 것을 수원 역전 시장 한복판에서 춤추며 깨닫게 되었다.

나중에 편집한 영상을 SNS에 공유했을 때, 사람들은 재미있어했다. 길에서 춤추는 내게 눈길 한번 안 주고 무심하게 자기 갈 길을 가는 사람들은 영상의 깨알 웃음 포인트가 되었다. 그들을 섭외한 거냐고 묻는 친구도 있었다. 섭외였다면 천재라고 해서 웃었다.

우리는 지나치게 외부의 시선을 의식하며 살고 있는지도 모른다. 정작 그들은 우리에게 관심도 없는데 말이다. 괜한 데에 신경을 쏟았던 지난날을 생각하니 조금 억울한 기분이 들기도 했지만, 새로운 앞날을 생각하니 이내 다시 홀가분해졌다.

## 용기 너머 사랑이었다

*- 2022년 수원역 로데오 콘테스트 결선 진출 안내. 본 문자는 결선진출자에 한해 수신되는 문자입니다.*

"와! 자기야, 나 결선 진출했대!"

"축하해. 뭐라도 상 받았으면 좋겠다."

한 관문을 통과했다는 문자를 받았다. 몹시 기뻤다! 하지만 아직 끝나지 않았다. 최종 수상작은 결선 진출작 중, 온라인 투표 20%와 전문가 심사 80%로 결정된다고 했다. 내 춤은 전문적이라고는 빈말로라도 말하기 어려우니 전문가 심사에서는 좋은 평가를 기대할 수 없을 거였다. 내가 최선을 다해야 할 것은 온라인 투표였다. 사람들에게 투표 링크를 건네고 한 표씩 차근차근 받아야 했다. 투표 기간 동안 SNS에 올려서 소식을 전하고 가족과 친구, 지인은 물론 활동하는 커뮤니티와 단톡방에도 적극적으로 알릴 계획을 세웠다. 어느 정도 마음이 차분해진 후 결선에 올라온 다른 영상을 하나씩 살펴봤다. 춤 실력뿐만 아니라 영상 편집 기술까지 대부분 감탄이 절로 나오는 수준이었다. 내 영상만 있어야 할 곳이 아닌 자리에 염치없이 삐죽 끼어있는 듯 어색한 느낌었다. 결선에 올라간 게 기적 같았다.

"결선작들 보니까 쟁쟁하던데. 다들 팀으로 활동하는 전문 댄서들 같아. 나만 혼자 나와서…."

"맞아, 자기 영상은 결이 조금 다르더라. 그래도 지금 이 순간만큼은 그 사람들이랑 동일선에 있는 거야."

"정말? 그 말도 맞네. 어쨌든 전문가들이 결선작으로 뽑아 준 거잖아!"

남편의 대답에 힘이 났다. 이제 본격적으로 홍보에 나설 시간이다. "스트리트 댄스 콘테스트 결선에 진출했습니다. 4번 강민영에 한 표 부탁합니다." 자신감을 갖고 주변에 메시지를 보내기 시작했다.

- 춤바람 났냐?

- 재밌게 사는구나 ㅋㅋㅋ

- 용기가 대단한데?

- 엑스트라들 너무 웃긴다.

- 너 이렇게 용기 있고 끼 많은 줄 몰랐네!

- 열정과 도전하는 용기, 멋지다!

반응은 제각각이었지만 대부분 즐거워하면서 응원해 주었다.

많은 메시지 중 유독 '용기'라는 단어가 내 마음에 머물렀다. 용기는 '씩씩하고 굳센 기운, 또는 사물을 겁내지 아니하는 기개'라고 정의된다. 나는 콘테스트에 참가하기 위해 용기를 냈던가? 내가 용기가 있는 사람이라서 길에서 춤을 출 수 있었던가? 그게 그렇게 대단한 일인가? 이런 물음이 잊을 만하면 다시 떠올랐다.

왜냐하면 나는 용기를 내서 콘테스트에 참여한 것도, 내 춤 실력에 자신이 있어서 혹은 스스로 대단하다고 여겨서 참여한 것도 아니었기 때문이다. 과정은 이러했다. 1) 나는 수원 로데오 콘테스트 스트리트 댄스 포스터를 보았다. 2) '재미있겠는데?' 마음의 동요가 일어났다. 3) '이거 참여해야지!' 하는 생각으로 이어졌다. 4) 할 수 있는 것을 준비해 실행했다. 단순한 흐름이었다.

평소 나는 말보다 글이 편한 전형적인 내향인이다. 그다지 말이 많지도 나서지도 않고 있는 듯 없는 듯 혼자서도 잘 지내는 사람. 그런 내 모습에 익숙한 지인들이 내가 길바닥에서 춤을 추기 위해 엄청난 용기를 냈을 거라고 생각하는 건 어쩌면 자연스러웠다.

하지만 분명히, 용기는 아니었다. 그렇다면 뭐였을까? 나는 어떻게 영상을 찍을 수 있었지? 춤에 대한 열정이었을까? '어떤 일에 열렬한 애정을 가지고 열중하는 마음'이라는 열정의 정의를 보면 '그건 아닌데….' 하고 고개가 갸우뚱해진다. 현재 나에게는 일곱 살 아이와 내 일을 포함하여 춤 외에도 열중해야 하는 대상이 많기 때문이다. 그렇다면 나를 시장 바닥에서 춤추게 한 원동력은 대체 무엇이었을까?

곰곰이 고민하다, 결국 사랑이었다고 답을 내렸다. 그 이유는 세 가지였다.

첫 번째, 사랑은 행동하게 한다. 누군가를 혹은 어떤 대상을 열렬하게 사랑해본 사람은 알 것이다. 남편과 연애할 때, 평촌에 살았던 나는 파주에서 근무하는 남편이 보고 싶어서 대중교통으로 서울을 가로질러 가곤 했다. 지금 생각하면 미친 짓이지만 그때는 마음이 흘러넘쳐서 그저 말로만 '보고 싶다.'고 할 수 없었다. 사랑은 절대로 말이나 생각으로만 그치지 않는다. 그 대상을 위하고 소중히 여기는 마음은 어떤 행동으로든 연결된다.

두 번째, 사랑은 두려움을 넘어선다. 절대 못 한다고 생각하는 일도 사랑하면 기꺼이 하게 된다. 거절당할지도 모른다는 두려움을 이겨내고 짝사랑하는 사람에게 고백하거나, 결혼식날 떨리는 목소리로 축가를 부른 내 남편과 같이 사랑하는 상대가 원하는 일이라면 두려움을 넘어서 행동하게 된다.

세 번째, 사랑은 목적이 없다. 아이가 '엄마, 나 왜 사랑해?' 라고 묻는다면 '그냥 너라서.' 외에 다른 답이 떠오르지 않는다. 사랑하는 데에는 목적이 없다. 그냥 그 자체가 좋은 마음, 그로써 충분하다는 기쁨뿐이다.

춤도 마찬가지였다. 그냥 춤추는 일이 좋아서, 서툴러도 춤이 있는 내 삶을 사랑해서 콘테스트에 참여했다. 용기를 내지 않았다. 무의식은 엄청난 용기를 냈을지도 모르겠지만, 내 의식이 머물러 있는 곳은 용기 너머의 사랑이었다. 두려움을 넘어서, 그 어떤 목적도 없이, 내 마음이 원하는 것을 위해 행동했다. 정말 그게 다였다.

## 춤과 자신감 간의 상관관계

고등학생 시절 '펌프(pump it up)'라는 게임이 유행이었다. 일본 게임 'DDR(Dance Dance Revolution)'의 한국 버전으로, 신나는 댄스음악에 맞춰 모니터에 표시되는 전후좌우 방향의 화살표 센서판을 밟으면서 춤을 추는 게임이었다. 내 친구들은 수업이 끝난 후 학교 근처 오락실에서 당시 유행했던 노바소닉의 '또 다른 진심', 핑클의 '자존심' 등에 맞춰 교복 치마를 휘날리며 현란한 발재간을 선보이곤 했다. 센서판에 모든 스텝이 정확하게 맞으면 보답이라도 하듯 화면에 'Perfect'를 띄워 줬는데, 'Perfect'의 향연에 더불어 화려한 댄스와 퍼포먼스로 분위기를 장악하는 친구들 주변에는 자연스럽게 구경꾼들이 모여들었다. 나도 그들 중 한 명이었다. 나 역시 펌프에 몇 번 도전해 보았지만, 박자에 맞춰 민첩하게 스텝을 밟는 건 그때도 어려웠다. 결국 흥미를 잃고 잘하는 친구들이 신나게 게임하는 모습을 부러운 시선으로 구경하기만 했다.

그 친구들은 하나같이 자신감 있고, 적극적이며, 성격도 밝고, 공부도 잘했다. 그들에게 펌프는 학업 스트레스를 적절하게 해소해 주고, 게임의 레벨이 올라갈 때마다 성취감까지 느끼게 해 주는 건전한 취미였던 게 아닐까? 잘 놀고 유쾌한 데다 공부까지 잘하는 부러운 친구들이었다.

삼십 대 끝자락, 춤을 배우면서 신체화된 행동은 생각과 감정, 마음에도 영향을 미친다는 것을 경험하게 되었다. 나는 사소한 것 하나를 결정하는데도 지나치게 생각이 많았고, 행동하기까지는 더 오랜 시간이 소모되는 사람이었다. 때로는 무언가를 시작도 하기 전에 에너지가 소진되는 기분이 들기도 했다. 도전보다는 안정을, 새로움보다는 익숙함을 선택하는 것이 편했다. 좋게 말하면 신중한 거였지만, 원하는 방향으로 나아가고 변화하는 게 참 더뎠다. 행동과 태도가 소극적이었기 때문이었다.

춤을 배우다 보니 자연스럽게 한 번도 해보지 않은, 아니, 이렇게 배우지 않았더라면 죽을 때까지 해 볼 일 없었을 동작을 내 몸으로 표현하게 되었다. 골반과 같은 움직임이 낯선 신체 부위를 위로 올려 보거나, 가슴을 오른쪽에서 왼쪽으로 돌리는 등의 시도를 했다. 때로는 큼직큼직한 동작을 배우기도 했는데, 커진 몸짓만큼 마음도 함께 커지는 것 같았다. 늘어난 내 공간에 용기가 채워진 걸까, 춤을 배우기 전보다 해보고 싶은 일들이 많아졌다. 더 많은 일에 도전했고, 실행력 역시 좋아졌다. 춤에 대해 기록했던 일기를 모아 출판사에 투고해 이렇게 출간할 수 있었던 것도, 세상 몸치가 댄스 콘테스트에 참가해보겠다고 마음을 먹을 수 있었던 것도, 모두 춤 덕분이었다. 원하는 대로 결과가 나오지 않거나 실패하더라도 크게 실망하지 않게 되었다. 춤을 추면서 새로운 동작을 배울 때면 매번 어설픈 시도를 하고, 당연히 잘 안되고, 틀리고, 다시 연습하는 과정을 반복해야 했기 때문이다. 끝이 보이지 않는 헛된 시도만 하는 것 같다가도 조금씩 나아지는 걸 경험했다. 그 루틴이 익숙해지고 점점 이런 반복을 당연하게 받아들이면서 작지만 단단한 자신감의 씨앗이 내 가슴에서 싹을 틔우고 조금씩 자라나기 시작했다.

내 몸을 다채롭게 쓰면서 조용하고 단조로웠던 성격도 전보다 더 풍부해졌다. 이런 풍부함은 곧 호기심으로 연결되었다. 인간관계와 나 자신, 내가 좋아하는 일에 대한 호기심은 내가 선택한 것에 대한 책임감과 정성을 다하고 싶은 마음까지

키워냈다.

어렸을 때, 선생님들은 "고개 들고 어깨 펴고 다녀라."는 말씀을 자주 하셨다. 저자세로 구부정하게 있으면 마음도 덩달아 위축되고, 팔짱을 낀 채로 고개까지 삐딱하게 있으면 거만한 느낌이 드는 것처럼, 자주 취하는 자세와 태도가 그 사람 자체의 분위기를 만들어내기 때문이다. 그래서인지 춤을 가르쳐주는 선생님이나 댄서들의 모습에서는 자신감과 적극적인 에너지가 전해진다. 몸으로 자신을 표현하는데 구부정하거나 애매한 자세를 취하고 있는 경우는 거의 없다. 심리학자 김경일 교수 역시 상사에게 보고해야 하는 위축되기 쉬운 상황을 앞두고 있을 때 도움이 되는 유사한 행동 지침을 처방한 적이 있다. 보고하기 전 혼자서 어깨를 펴고 몸을 크게 펼치는 유의 동작을 이 분 정도 취하고 난 다음 상사를 대면하면 심리적으로 덜 위축된다는 내용이었다.

춤을 배우면서 겪은 경험은 학창 시절 부러워했던 친구들의 펌프 실력과 성적, 그리고 성격 사이의 상관관계를 생각해 보게 했다. 그때 그 친구들이 펌프 기계의 음악에 맞춰 몸을 크게 움직이면서 취한 다양한 동작들은 어쩌면 능동적인 성취 태도와 자신감 있는 성격 형성에도 영향을 미치지 않았을까. 내가 춤을 추면서 삶을 대하는 태도 그리고 성격이 서서히 긍정적으로 변화한 것처럼 말이다.

자기 안의 자신감을 단단하게 키우고 싶다면 춤은 훌륭한 도구가 될 수 있다. 모든 배움이 그렇듯 익숙해지기까지 쉽지 않은 여정이지만, 그 고비를 하나씩 넘어가면서 몸으로 배우는 것들이 분명히 있다. 어떠한 고비도 요령껏 건너뛸 수 없고 반드시 몸으로 익혀내야만 해서 더욱 그렇다. 몸으로 체득한 것은 더 깊이 인식되어 쉬이 잊히지 않는다. 다양한 신체 부위를 적극적으로 움직이면서 자신을 표현하다 보면 마음과 태도도 비슷하게 변화하니 자신감이 자라날 수밖에 없다. 선순환이다.

## 막춤과 프리스타일의 차이

막춤은 무엇이고, 프리스타일은 무엇인가. 몸치라면 누구나 해 보았을 법한 고민이다.

'막춤'의 '막'은 '마구'의 준말이다. 그럼 '마구'는 무슨 뜻일까? (1) 몹시 세차게. 또는 아주 심하게. (2) 아무렇게나 함부로. 유의어로는 '내리, 되는대로, 들입다'가 있다고 한다. 갑자기 '막'이라는 단어의 뜻을 파고든 건 최근 인스타그램에서 좋아하는 아티스트의 짧은 댄스 영상을 보고 난 후 문득 든 궁금증 때문이었다. 그녀의 몸짓은 분명히 계획하거나 연습해서 외운 안무가 아니었다. 음악과 리듬에 맞춰 즉흥적으로 '막' 추는 것 같은데, 몸짓에서 흘러나오는 이 멋의 정체는 무엇일까? 왜 내가 추면 웃긴 막춤이 되고, 이 아티스트가 추면 근사한 프리스타일이 되는 걸까?

그 영상을 보며 커피를 마시는 내내 이 질문이 머릿속을 떠나지 않았다. 막춤과 프리스타일의 차이는 어디에서 오는 걸까? 그 답을 알고 싶어서 사전적 의미부터 찾아보았다. 춤에 '막'이라는 단어의 뜻을 붙여 보면, 막춤이란 곧 되는 대로 마구 추는 춤일 터다. 그렇다면 몸을 어떻게 움직여야 '프리스타일'로 멋지게 출 수 있을까? 궁금증을 못 참고 학원 선생님께 카톡을 남겼다.

- *선생님! 갑자기 궁금해요. 막춤과 프리스타일의 차이가요. 뭔가 한 끗 차이인 것 같은데…. 그 한 끗이 뭘까요? 리듬감? 필?*

- *막춤은 리듬이고 나발이고 막 추는 것, 프리스타일은 리듬과 필이 가득한 것. 이해되지?*

선생님의 답을 보자마자 그 차이가 한번에 납득이 가면서 웃음이 났다. 그 후로 선생님이 말씀해 주신 그 차이가 계속 마음에 남았다.

작년 봄, 지금의 선생님과 인연이 되어 춤을 배우고 연습하면서 나는 '막 살자.'는 생각이 자주 들었다. 좋은 의미로. 당시 나에게 '막 살자.'는 적극적으로 살기 위한 주문이었다. 하고 싶은 건 해 보고, 해 봤는데 아니면 말고! 조금 더 가벼운 마음으로 시도해도 된다고. 지나치게 조심하지 않고, 미리 걱정하지 않으며, 마음껏 실수해도 괜찮다고. 더더더, 거침없이, 아끼지 말고, 마구 살자는 마음이었다.

내 방에서 혼자 췄던 정체 모를 막춤으로 춤을 시작한 것처럼, 삶도 좀 막살아보자고 스스로를 독려했다. 경험해보니 막춤을 춘다 해도 잃을 건 하나도 없었다. 그냥 어색함에서 오는 약간의 부끄러움, 혹은 남편의 놀림 정도가 다였다. 과감하게 마구 사는 것도 결국 막춤과 비슷하지 않을까? 그래봐야 실패했을 때 약간의 좌절감 정도가 다일 테고 그것도 결국 회복될 거라는 생각이 들자 달라지고 싶어졌다.

그 뒤로 일상을 적극적으로 살아보려고 의식적으로 노력했다. 공모전이나 출간, 디자인 프로젝트 제안, 그림 요청 등 나에게 닿은 크고 작은 기회들을 미루거나 마다하지 않았다. 덕분에 성취한 것도, 실패한 것도 많았다. 실패해도 생각보다 괜찮았다. 모든 경험은 나에게 배움과 양분이 된다는 걸 깨달았기 때문이다. 과거의 예민했던 나처럼 오랜 기간 좌절하지 않게 되었다.

그리고 올해는 새로운 목표가 생겼다. 마구 사는 것을 넘어서 나만의 스타일로 사는 것. 막춤처럼 거침없이 도전하며 살되, 프리스타일처럼 나만의 리듬과 느낌을 충분히 살려 살아간다면 더 나답게, 즐겁게 삶을 꾸려갈 수 있지 않을까. 때때로 여전히 소심해지기도 하지만, 그럴 때면 나만의 프리스타일을 만들어 보자고 다짐한다. 남의 속도가 아닌 내 속도로, 타인과 비교하지 않고 내 마음이 원하는 방향으로, 내가 걸어갈 길을 스스로 내는 거다. 그렇게 생각하자 삶은 더 유연해지고 수월해졌다.

요즘은 내 마음이 허락하는지 아닌지가 중요한 선택의 기준이 되었다. 즉, 내 욕망과 타인의 욕망을 구분하기 시작한 것이다.

왜냐면 남의 시선과 평가를 의식하며 추는 건 진정한 프리스타일이 아니니까! 그러다 보면 타인의 스타일을 모사하게 될 뿐이다. 모든 모사품이 그렇듯 오리지널보다 퀄리티가 떨어진다. 그건 싫다. 서툴러서 박자가 안 맞거나 리듬을 놓치더라도 음악과 내 마음에 다시 귀를 기울이면 마침내는 나만의 리듬으로 돌아오게 되지 않을까? 상상만으로도 즐겁고 황홀하다.

## 대체 잘한다는 게 뭘까?

아쉽게도 콘테스트에서 수상을 하진 못했다. 그렇지만 댄스 왕초보인 나로서는 결선에 올라간 것만 해도 넘칠 만큼 값진 일이었다. 나의 춤을 보고 덩달아 즐거워졌다는 댓글을 볼 때마다 나 역시 행복해졌다.

수상 여부보다도 춤 덕에 잊을 수 없는 추억이 생겼음에 만족했다. 그 과정을 제일 가까이서 지켜보고 또 직접 도와준 남편은 어떤 걸 느꼈을까? 궁금해져서 그에게 물었다.

“자기는 이번에 나랑 콘테스트 준비하면서 기분이 어땠어?”

“자기, 춤에 완전 진심이었지. 그런데….”

응? 그런데? '그런데'라고? 무슨 말을 하려는 거지? 어떤 말이 나올까 기다리며, 실룩거리는 그의 두툼한 입술만 보고 있었다. 속 시원하게 답이 바로 나오지 않았다. 그의 머릿속에 맴돌고 있는 수많은 단어를 어떻게 선별해서 내보내야 하나 버퍼링이 걸려있는 게 얼굴만 봐도 짐작이 갔다.

"그런데… 자기가 춤을 배운 지 육 개월? 아니, 일 년밖에 안 되었잖아. 그래서…."

나는 조용히 듣고 있었다. 이번에는 '그래서'가 그의 말문을 막고 있었다. 그래서 뭐? 그래서, 뭐! 빨리 말해!

"그래서… 연습 시간도 부족했고 하니까 그만큼 잘하지 못한 게 괜히 아쉽기도 해서…."

하나, 둘, 셋. 폭발!

"뭐?"

못해? 잘 못해? 지금 잘하고 못하고를 따져? 순간 꼭지가 확 돌았다. 나는 전문 댄서가 아니다. 게다가 춤에만 몰입할 수 있는 환경도 아니었다. 아이와 일을 모두 챙기며 시간을 쪼개고 쪼개서 춤 연습을 해왔다. '설마 그 말을 하려는 건 아니겠지.' 하고 뇌리를 스친 염려가 현실이 되었다. 그의 말이 끝나지 않았지만 더 들을 필요는 없었다. 다음은 내 차례였다.

"난 준비하면서 자기 기분이 어땠냐고 물었기든. 내가 아이돌이야? 걸 그룹이야? 전문 댄서야? 내가 어디 댄스 배틀이라도 나가? 내가 스우파(스트릿 우먼 파이터)라도 나가냐고! 잘하는 게 대체 뭔데? 난 정말 궁금해. 그 잘하는 게 도대체 뭔지! 잘 못하는 나는 모르겠으니까 자기가 좀 알려줘 봐. 진짜 진짜 궁금하니까!"

속사포 쏘듯 내뱉는 나의 말에 그는 조용해졌다. 일단 핀트가 어긋난 대답을 한 게 맞으니까 할 말이 없었겠지. 결과와 상관 없이 만족감에 취해있던 나는 날벼락 같은 그의 대답에 어이가 없어졌다. 그리고 진심으로, 궁금해졌다. '잘한다는 게 대체 뭘까?' 그 생각에 단단히 꽂혀 버렸다.

도대체 잘한다는 기준은 뭘까? 전문 댄서와 똑같이 안무를 표현해야 잘한 걸까? NG 없이 완벽한 촬영을 해야 잘하는 걸까? 무엇을, 얼마나, 어떻게 잘 춰야 콘테스트에 나갈 수 있는 걸까? 헤드 스핀이라든가 온몸의 관절을 꺾는 기술이라도 보여줘야 했었을까? 표현할 수 있는 테크닉이 많은 사람이 잘하는 사람일까? 그렇다면 잘하는 사람은 누구인가? 아이키? 리아킴? 선생님? 정말 내가 잘했다면 남편이 아쉬워하지 않았을까? 내가 왜 춤을 추면서 그의 아쉬움까지 채워줘야 하는가? 그러니까, 도대체 잘한다는 게 뭘까?

잘한다는 것, 춤을 잘 춘다는 것. 꼬리에 꼬리를 무는 생각을 따라가면 갈수록 답은 묘연해졌다. 처음 학원에 등록하던 때 떠올렸던 메시지, '인생에 정답 없다.'와 같이 정답 없는 질문이었다.

물론 평가가 불가피한 전문 댄서들의 경연이나 시합에서는 우위를 선별하고 점수를 매기기 위한 기준과 규칙이 있을 것이다. 하지만 나는 그런 사람도 아니고 그만한 깜냥도 되지 않는다. 그 사실을 누구보다 잘 알고 있기도 하다.

그저 춤을 보거나 추는 행위 그 자체의 재미, 안 되는 동작을 해냈을 때의 성취감, 내 안에 머무르던 경험과 지식이 춤이라는 새로운 배움과 융합되어 작은 깨달음을 얻는 '아하!'의 순간과 같이 자연스러운 즐거움을 맛보며 취미로서 즐기고 있다.

이런 나에게는 기술적인 측면에서 춤을 잘 추는지 여부는 크게 의미가 없다. 그건 지금 내가 할 수 있는 만큼 하나씩 쌓아 가는 수밖에 없기 때문에. 오히려 중요한 것은 얼마나 진심으로 춤을 즐길 수 있느냐다.

취미이건 전문가이건, 춤이라는 분야에 몸을 담고 있는 다양한 사람들의 표현과 움직임을 찾아보면서 알게 되었다. 테크닉 가득한 춤이 항상 감동적인 건 아니라는 것, 반대로 동작이 어설프더라도 즐기는 자는 표정만으로도 어떤 깊은 인상을 남긴다는 것을 말이다. 온몸으로 춤을 즐기고 있는 사람에게는 콕 집어 설명하기 어려운 풍부함이 있었고, 그것은 언제나 마음에 오래 머물렀다.

무언가를 잘한다는 평가는 어떤 면에서는 긍정적인 자극을 주고 성장할 동기를 부여할 수도 있다. 당연히 나도 잘하고 싶다. 춤을 잘 추고 싶고, 멋지게 추고 싶다. 하지만 좋아하는 일을 '잘'해야 한다는 생각은 그 자체로 부담을 준다. 그 마음은 할까 말까 머뭇거리게 한다. 못하면 어떡하지, 걱정이 많아지기 때문이다.

지금 내 수준을 인정하고 온전히 즐기면서 서서히 잘하는 나로 거듭나고 싶다고 생각하던 중, 문득 궁금해졌다. 남편이 기대했던 춤을 잘 추는 나는 어떤 모습이었을까? 물론 그에게 다시 묻지는 않을 것이다. 하지만 이 지면을 빌어 분명하게 말하고 싶다.

자기야, 자신이 온전히 재미를 느끼며 하는 일에는 잘하고 못하고가 없다고 생각해. 대신 반복과 연습에 따른 나아짐은 있어. 어제보다 오늘 나아지고, 오늘보다 내일 나아진 자신을 발견하게 되는 거야. 나아짐과 반대로 잘함이 있을 때는 남과 비교할 때더라. 다른 사람과 비교하면 잘하고 못하고가 생기곤 했어. 하지만 비교에는 만족보다는 우쭐함이 있고, 노력보다는 포기가 쉬워지지. 내가 남과 숱하게 비교해봐서 알아. 그래서 더더욱 춤은 '잘함'의 기준으로 대하고 싶지 않았어. 앞으로도 그럴 거고. 나는 이렇게 내 삶에서 남과 비교하지 않는 영역을 조금씩 넓혀가고 싶어.

혹시 자기도 해 보고 싶은 무언가에 언젠가 닿는다면, 잘하고 못하고를 고민하는 평가적인 태도보다는 자기만의 재미와 즐거움에 풍덩 빠질 수 있는 자유로운 태도를 느껴봤으면 좋겠어. 그 느낌 말이야, 자신을 진짜 행복하게 하거든. 살만해지게 하거든. 무엇보다 그런 자신이 좋아지게 되거든.

그런 일을 찾는다면 내게 제일 먼저 알려줘. 마음을 담아 응원할게.

## 사랑하는 마음을 잃지 않는 법

올해면 결혼한 지도 벌써 십 주년이다. 강산도 변한다는 십 년. '와, 우리 무탈하게 십 년이나 살았다.'며 기념일을 축하하다 문득 '백 세 시대'라는 단어가 떠올랐다. 그러니까 우리 관계에 치명적인 문제가 없는 한 '내가 선택한 이 사람'과 함께 최소 육십 년은 더 살아야 한다는 뜻이다. 이건 과연 행복일까, 불행일까를 따져 보다가 피식 웃어버렸다. 너무 사랑했던 사람도, 좋아했던 물건도 시간이 지나면 처음의 뜨거웠던 마음이 미지근해지기 마련이다. 특별하게 보였던 부분도 익숙해지고, 그 대상만의 장점도 당연한 것이 된다.

그래서 한 사람과 사오십 년을 살아낸 부부를 보면 그 사실만으로도 대단하다는 생각이 든다. 그 세월에 더해 여전히 다정함이 느껴지는 부부를 보면 존경심까지 인다. 부부관계뿐만 아니라, 우정, 취미, 직업 등 사람이 하는 모든 일이 그렇다. 어떤 마음이든 수십 년씩 지속해온 것 자체가 쉬운 일이 아니고, 좋은 마음을 유지해온 데에는 숨은 노력이 분명히 있었을 것이다.

최근 남편의 모든 것이 데면데면한 시기가 있었다. 벗어 놓은 옷의 모양이나 위치와 같은 작은 흔적이 거슬렸고, "뭐 먹을 거야?" 하고 묻는 일상적인 대화조차 귀찮았다. 부정적인 생각이나 감정은 정리하지 않으면 수그러들지 않고 증폭된다. 문제는 특별한 까닭이 없다는 것이었다. 이유를 알 수 없는 자잘한 미움과 '이러지 말아야지.' 하는 자책감 사이에서 한참을 괴로워하다가 결혼 생활이 어언 이십 년, 부부관계도 자녀들과의 사이도 좋은 지인에게 내 상황을 털어놓았다. 권태기인지 뭔지 알 수는 없지만, 요즘 남편과의 관계가 편치 않다고 말이다. 그분은 내게 이렇게 말해주었다. 나아지게 하겠다고 감정을 부정하면서 어떻게 해 볼 생각을 내려놓고, 그냥 '내 마음이 이런 시기구나.' 인정하고 받아들이며 지나가 보라고. 살다 보면 그럴 때도 있다고. 자연스러운 거라고.

현실적이고 위로가 되는 조언이었다. 그분의 말대로 내 마음과 감정을 문제 삼지 않고 흘러가는 대로 내버려 두기로 했다. 이래도 이런가 보다, 저래도 저런가 보다 하며 하루 이틀 시간이 지나다 보니 신기하게도 그와의 관계가 서서히 회복되는 때가 왔다. 남편과 예전처럼 유치한 농담으로 웃고, 그와 아이를 위해 무슨 음식을 해볼까? 하는 주말의 고민이 귀찮지 않아졌다.

취미일 뿐인 춤에서도 그랬다. 너무 좋아서 잘하고 싶고, 매일매일 춤 생각만 하고, 춤을 주제로 쓰고 싶은 글감이 넘칠 때도 있었는데, 또 한편으론 한 달에 한 번씩 내게 주는 선물로 여겨졌던 연습실에 가는 일조차 미루고 싶을 때가 있었다. 슬럼프와는 또 다르게 마음이 데면데면해졌다.

왜 그런지 고민하던 중 문득 남편과 경기도 끝과 끝에서 연애하던 시절이 떠올랐다. 남자친구였던 그를 잠깐 보기 위해 두 시간 넘게 지하철과 버스를 타고 서울을 가로지르곤 했다. 온전한 열정이었다. 그 오가는 시간을 절약하고자 결혼했고, 그렇게 십 년을 살다 보니, 그때의 뜨거웠던 사랑은 또 다른 느낌으로 변했다. 불꽃 같지는 않지만 안정적이고 편안하다고 해야 할까.

우연히 내 삶에 들어와 인연이 된 춤을 오래도록 즐겁게 누리는 것, 그리고 검은 머리가 파뿌리 될 때까지 한 사람을 사랑하며 살겠노라 만인 앞에서 선언했던 마음을 지키는 태도는 다르지 않다.

춤이든 사람이든 일이든 사랑하는 마음을 지속하기 위해서는 먼저 적당한 거리가 필요하다. 늘 좋고 뜨거운 마음만 가질 수는 없기에, 그 거리가 여백이 되어 감정과 시간이 고이지 않고 흐르게 해 준다. 남편과 관계가 소홀했던 시기를 무탈하게 넘길 수 있었던 것도 거리 덕분이었다. 그 공간은 대상에 대해 생각할 시간을 갖게 했고, 그로써 그를 이해할 수 있게 도왔다. 부정적인 마음을 붙잡아 문제 삼지 않고 이럴 때도 있는 거라고 여길 수 있었던 것도 그 거리 덕분이었다.

춤 역시, 이래도 되는 걸까 싶을 정도로 일상을 미루고 매일매일 춤 생각만 하면서 춤과 완전히 하나가 되고 싶었던 때도 있었지만, 반대로 소원해지는 시기도 있었다. 그런 시기를 맞을 때면 그 상황을 그대로 받아들이면서 잘 흘려보내기 위한 적당한 거리를 확보하려고 했다.

사랑하는 마음을 유지하는 두 번째 비결은 오래도록 사랑하고 싶은 대상의 단점은 작게, 장점은 크게 생각하는 것이다. 처음에 느꼈던 그 대상만의 특별함과 좋았던 부분을 완전히 잊지 말고 마음 한구석에 묻어 두었다가 언제든 떠올릴 수 있어야 한다. 지나친 야망 없이 소박하고 가정적이며 다정하다는 그의 장점을 '왜 이렇게 현실에 안주하고 자기 개발은 하지 않느냐.'며 단점으로 여기자 그의 일상적인 행동 하나하나가 눈에 거슬리기 시작했다. 연애할 때 느꼈던 그의 장점을 수시로 떠올릴 수 있어야 잔잔하지만 오래도록 좋은 마음이 유지되지 않을까.

춤도 다르지 않다. 처음 춤에 빠져들었던 이유를 기억해낼 수 있어야 한다. 음악의 멜로디와 가사가 주는 즐거움, 곡에 맞춰 다양하게 몸을 쓸 기회를 준다는 점, 일상에 채워지는 활력, 표현할 수 있는 동작의 수가 늘어나는 만큼 향상되는 자신감, 보는 사람도 추는 사람도 기분 좋게 하는 매력 등 특별하다고 느꼈던 춤의 장점들을 수시로 상기할 수 있어야 포기하지 않고 즐길 수 있다.

마지막으로는 사소한 관심을 잊지 않고 표현하는 게 중요하다. 어쩌다가 한번 사랑한다고 화려한 이벤트를 하는 것보다는, '점심 맛있게 먹었어?', '내 얘기 들어 줘서 고마워.', '지금 기분은 어때?'와 같은 작은 관심과 감사 표현의 빈도를 늘리는 것이 좋은 관계를 유지하는 데 더 도움이 된다.

춤도 어쩌다가 하루 날을 잡고 열정적으로 연습하는 것보다, 삼 분짜리 한 곡이라도 자주 춰 보는 것이 더 오래 할 수 있는 비결이 되지 않을까? 반드시 매일 해야 한다는 의무감과는 다르다. 일을 하다가 생각이 막히면 일어나서 엉덩이를 씰룩거리고 몸을 한번 흐느적거려보는 것처럼 사소한 동작을 수시로 표현할 수 있다면, 처음의 뜨거웠던 마음은 아니더라도 잔잔하게 이어 나갈 수 있는 사랑이 되어 쉽게 식지 않을 것이다.

## 몸치가 리더인 댄스팀 업앤업

*- 저랑 함께 춤추실 분, 손 들고 댓글 남겨 주세요!*

내가 블로그에 올린 글의 일부였다. 왜 함께 춤출 사람을 찾았을까? 사건은 활동하는 커뮤니티의 온라인 친구들과 송년회를 축제처럼 해보자는 이야기에서 시작되었다. 프로그램을 기획하고 초대장을 돌리고 사람들을 초대해 놀아볼 계획이었다. 그러던 중 총괄 기획하는 언니가 나에게 물었다. (나의 SNS의 닉네임은 '마인드카소'로 줄여서 '카소'라고 불린다.)

*- 카소야, 송년회 때 축하 공연 같은 느낌으로 함께 군무를 해 보면 어때? 나 진지해.*

일말의 고민 없이 오케이 했다. 묻지 않았다면 내가 먼저 "송년회 때 공연이라도 할까요?" 할 참이었다. 나야 뭐 전문 댄서도 아니고 순수하게 춤을 사랑하는 사람이니 딱히 뺄 이유도 없었다. SNS에 꾸준히 춤 영상을 공유해 와서 나의 현재 수준과 춤에 대한 진심을 친구들은 이미 다 알았다.

그럼, 이제 어떻게 준비하고 진행해야 하지?

재미있겠다는 단순한 생각으로 호기롭게 승낙하기는 했지만 나는 여전히 댄스 초보였다. 현실적인 방법을 고민하다가, 춤을 '경험'해보고 싶은 사람들을 모집하기로 했다. 춤을 춰보고 싶은 사람들은 그들의 수준과 무관하게 배움에 대한 의지가 있다. 의지가 있으면 적극적으로 임하고 자발적으로 연습하게 된다. 그렇게 남은 두 주 동안 춤 동작을 알려주고, 같이 연습해서 송년회 때 함께 공연하기로 계획했다.

- 몸치라 할 수 있을지는 모르겠는데, 일단 해 보려고 합니다. 도전!

- 카소 님 덕에 멋진 거 배울 수 있겠네요. 열정만 가지고 도전해 보겠습니다!

- 멋진 카소 님 따라 용기 내어 신청합니다.

몸치거나 춤을 안 춰봤지만, 춤을 춰보고 싶은 사람들은 생각보다 많았다. 나를 포함하여 총 열 명. 이렇게 몸치 리더에 멤버들도 몸치인 몸치 댄스팀이 결성되었다.

공연까지 남은 기간은 약 이 주. 먼저 곡을 선정해야 했다. 여기에서부터 여러 의견이 나오기 시작했다. 멤버들은 자리 이동이 많으면 안 된다고 강하게 어필했다. '춤에 이동이 없을 수는 없는데… 제자리에서만 추면 율동처럼 보일 텐데….' 하지만 스텝이 많아지면 어려워지는 것도 사실이라, 자리를 이동하지 못하거나 다시 돌아오지 못할까 봐 두려워지는 마음도 이해가 되었다.

현실적인 문제들도 여럿 있었다. 먼저 준비 시간이 길지 않았다. 게다가 커뮤니티가 온라인을 기반으로 운영되어 다들 전국 각지에 퍼져 살고 있기도 했고, 각자 생업도 있으니 시공간의 제약을 넘기 위해선 온라인으로 연습을 해야 했다. 또 리더를 맡았으나 아직 초보 수준인 내가 다른 사람에게 알려줄 수 있는 수준까지 빠르게 배울 수 있는 안무여야 했고, 춤을 춰 본 적이 전혀 없는 멤버들도 따라 할 수 있어야 했다.

어떤 곡으로 해야 할까? 원더걸스의 '텔미'나 엄정화의 '포이즌'처럼 사십 대에게 친숙한 예전 유행곡 포인트 안무만 모아서 해 보는 건 어떨까? 아니야, 그래도 트렌드를 반영한 멋진 곡을 하고 싶은데? 고민은 계속되었다.

온갖 이야기가 오간 후 최종적으로 올해 내가 콘테스트에 지원하면서 준비했던 곡, 싸이의 '이제는' 1절과 작년에 방송된 스트릿 우먼 파이터의 '헤이마마' 중 박수치는 포인트 안무를 섞기로 했다.

함께 고심한 끝에 곡은 선정했지만, 일부 멤버들은 '헤이마마' 안무를 보면서 "아, 나는 못 할 거 같은데." 하고 탄식만 했다.

"안 되는 사람은 뒤로 빠지고, 되는 사람만 하는 건 어떨까요?"

누군가 제안했지만 그럴 순 없었다.

"아니에요! 할 수 있어요. 연습하고 반복하면 어떻게든 다 돼요! 무조건 다 함께해야 해요."

공연이 마치던 날까지 내가 가장 많이 했던 말이었다.

몸치의 마음은 몸치가 안다. 내가 춤을 처음 배울 때 어떤 점이 어려웠는지, 어떤 배움을 원했는지를 떠올렸다. 처음에 나는 진도가 빠르거나 학습량이 많아지면 동작을 살펴보기도 전에 도망가고 싶어졌다. 복잡하고 빠른 동작은 해보기도 전부터 온몸이 경기를 일으켰다. "난 못 해." 하고 팔다리가 소리쳤다. 하긴, 돌이켜 보면 걷는 것부터가 난제였다. 걸음마부터 다시 배워야 하느냐고 우스갯소리를 하기도 했으니, 지금 멤버들의 탄식이 백번 공감이 갔다.

그래, 좋아. 몸치도 누구나 따라올 수 있게 해 보는 거야! 그렇게 다짐하고 나름대로 머리를 싸매 커리큘럼을 구상하기 시작했다. 부담 갖지 않고 재밌게, 쉽게 따라올 수 있도록 하는 게 목표였다. 여전히 기술적으로 초보 상태에 머무르고 있는 내가 어떻게 춤을 알려줄 수 있을지, 방법을 찾는 게 내가 직면한 새로운 과제였다. 어떻게 해야 처음 춤을 접한 사람들이 춤을 할 만한 것으로 느끼게 할 수 있을까? 고민이 깊어졌다.

많은 생각 끝에 이런 식으로 첫 수업을 시작했다.

**오늘은 여기까지만 연습해 봅시다.**

**1. 두 손은 허리. 오른쪽은 짝다리를 짚고 서서, 오른발 뒤꿈치 '쿵쿵쿵쿵'.**

**2. 그 상태에서 머리 좌우로 흔들기.**

**3. 오른쪽 다리를 조금 더 밖으로 내밀고, 두 손을 팔랑거리며 가슴쪽으로 내리기!**

**딱 십 초네요. 할 수 있다!**

전주 동작이 어렵지 않아서 다행이었다. 배움에 부담을 느끼지 않도록 매일 십 초 정도 동작을 잘라서 공유했다.

몸치로서 일 년 반 정도를 내 몸과 함께 고생해 보고 나름대로 깨달은 바가 있었다. 춤은 몸으로만 추는 게 아니었다. 안무를 익히기 위해서는 먼저 눈으로 충분히 관찰하고 동작을 하나하나 머리로 이해하는 과정을 필수로 겪어야 했다. 그래야 비로소 몸으로 겨우 흉내 낼 수 있었고, 그 상태에서 무한 반복해야 동작이 서서히 내 몸에 저장되었다.

처음에 나는 팔다리를 어떻게 움직여야 할지 몰라서 댄스 영상을 일시 정지해가며 오른손과 왼손, 오른발과 왼발의 방향과 위치 등의 신체 움직임과 동작을 글로 쓰곤 했다. 몹시 번거로운 일이었지만 이렇게 분석해서라도 춤을 추고 싶었다. 사랑하면 어떻게든 방법을 찾게 되니까.

이런 경험은 다른 사람들에게 알려줄 때 빛을 발했다. 그동안 나름대로 연습했던 방법들을 총동원했다. 영상을 자르고, 동작을 하나하나 캡처했다. 사진 위에는 어떻게 움직여야 하는지를 글로 쓰고, 화살표와 기호 등 이해를 도울 만한 모든 도구를 활용해서 그림으로 알려드렸다.

**2-1. 왼쪽 골반 뒤로 '빵!' 치고 정면 제자리.**

**2-2. 오른쪽 골반 '빵!' 치고 정면 제자리.**

**2-3. 골반을 왼쪽에서 오른쪽으로 살짝 뒤로 빼듯이 돌린다.**

**2-4. (2-1과 동일) 왼쪽 골반 뒤로 '빵!' 정면 제자리.**

**위의 과정을 두 번 반복!**

- 카소 님, 춤을 글로 배우다니 정말 신세계예요!

누군가는 동작마다 신체 부위별 위치와 방향, 움직임을 써 둔 글을 보고선 '신박하다'고 평하기도 했다. 내가 겪은 어려움이 타인에게 도움이 되는 것을 보고선, 그 고생에 대한 보상을 받은 듯한 기분도 들었다.

- *저 계속 고개가 안 돼요. 카소 님은 쉽게 하는 것처럼 보였는데, 막상 직접 하려니 내 머리 까딱거리는 것도 내 마음대로 안 돼요. 원래 인생에 마음대로 되는 게 없다고는 하지만 정말 그런가 봐요.*

- *열 번 연습하니 머리가 제 마음을 조금 이해하는 거 같아요.*

- *오늘부터 우리 모두 댄서예요!*

영상과 연습 자료를 보내면, 멤버들은 연습 부분을 촬영해 단톡방에 올려주셨다. 한마디씩 남겨주신 소감에 깊이 공감했다. 각양각색 귀엽고 사랑스러운 몸짓을 보며 많이 웃었다. 몸치라고 스스로 이야기하면서도 함께 공연해 보겠다고 나선 그 마음 자체가 멋있었다. 본업으로 바쁜 와중에 가까스로 틈새 시간을 내 연습을 하고 촬영까지 하는 모습이 대단해 보였다. 어떤 분들은 요즘 춤 덕분에 행복하다고, 고맙다고 하시기도 했다. 춤으로 다른 분들과 연결된 내 마음에도 감사와 행복이 흘러넘쳤다.

열흘 동안은 위와 같은 방법으로 단톡방에서 안무를 익혔다. 짧은 영상과 설명을 공유하고 각자 연습한 후 영상을 올려주면 코멘트를 드렸다. 그렇게 처음부터 끝까지 모든 동작을 다 해볼 수 있었다.

이제 공연까지 남은 날짜는 오 일!

경기, 서울, 고성, 춘천 등 전국 각지에 살고 있는 멤버들은 오프라인 대신 온라인에서 매일 만났다. 하루를 마무리하고 밤 아홉 시에 모여 춤 연습을 시작하면 열 시 반, 열한 시에 끝이 나곤 했다. 다행히 연습은 온라인으로도 가능했다. 음악을 공유하고 내가 먼저 동작을 보여주면 각자 자신이 있는 공간에서 안무를 따라 했다. 서로 춤추는 모습을 실시간으로 보면서 연습하니 자유롭게 의견을 나눌 수 있었고, 덕분에 공연에 대한 아이디어도 더 풍부해졌다.

처음에는 내가 열정적으로 모두를 이끌어야 할 것 같은 부담이 있었다. 하지만 경험해보니 꼭 그렇지만도 않았다. 때로는 내가 그들의 열정을 부지런히 따라가는 모양새가 되기도 했다. 아무래도 좋았다. 함께 추는 춤에는 또 다른 재미가 가득했으니까.

*- 카소 님, 그 부분 박자가 안 맞아요.*

그렇다. 리더인 나는 몸치에 박치까지 겸한 커다란 구멍으로 밝혀졌다. 정박자가 아닌 엇박자 안무가 나올 때면 나는 때때로 허둥지둥 움직이듯 춤을 췄다. 멤버들은 내가 리듬에 맞게 몸을 움직일 수 있도록 가사별로 맞는 동작을 짚어 주었고, 나중에는 연습 영상까지 만들어 주었다.

모두 같이 공연을 만들어가고 있었다. 내가 도움을 주기도 하고, 멤버들로부터 도움을 받아 가면서 준비했다. 그렇게 모두 조금씩 변화하고 있었다.

몸치 멤버들이 입을 모아, '나는 못 할 거'라고 단정했던 '헤이마마' 부분도 조금씩 박자에 동작이 맞아 들어갔다. 그 과정을 보면서 나는 누구든 무한 반복하면 어떻게든 된다는 걸 실감했다. 스우파 댄서들과 같은 감각적인 표현력이나 테크닉은 없었지만, 동작 하나하나에 각자만의 해석과 개성이 있었다. 그것은 한 사람의 '고유함'이었다. 같은 음악, 같은 동작이지만 다 다른 표현이 신선하고 좋았다.

연습을 하면서 각자 새로운 추억들을 쌓기도 했다.

- *'헤이마마' 안무 중 박수 칠 때마다 남편이 각설이가 또 왔냐면서 "몇 푼 줄까?" 하고 자꾸 놀려요.*

- *저는 자꾸 오른발이 같이 움직여요. 골라 골라도 아니고, 고릴라도 아니고.*

아니, 이렇게 멋진 각설이가 세상에 어디 있다고! 웃음이 났고, 움직이지 말아야 할 발이 저절로 움직이는 상황도 몹시 공감되었다. 나도 여전히 내 몸의 오작동을 수시로 경험하고 있으니까. 반복되는 오작동 상황이 이제는 자연스러운 과정으로 받아들여진다. '여기서 이 발은 움직이지 말아야지.' 하고 의식하면서 반복 연습을 하다 보면 언젠가는 동작이 잡히니까. 단순한 공감에서 그치는 것이 아니라, 몸치로서 비슷하게 겪었던 내 경험과 생각을 전할 수 있어서 기뻤다.

공연 전날, 마지막으로 청재킷과 청바지 등 맞춰 입기로 한 무대의상과 선글라스 같은 준비물 그리고 음원을 체크하고 나서야 온라인 연습실의 문을 닫았다. 열두 시가 다 된 시간이었다.

*- 드디어 내일이네요! 모두 안녕히 주무세요. 곧 만나요!*

그리고 드디어 공연 당일!

올 것이 왔구나. 멤버들은 송년회 시작 한 시간 전에 미리 모였다. 그동안 온라인으로만 소통했던 멤버들을 처음으로 직접 만나는 자리였다. 반가운 마음을 뒤로한 채 신속하게 인사를 나누고, 바쁘게 움직여 공연할 무대의 위치와 크기를 파악했다. 무대에 설 자리를 정하고 나서야 주차장에 모두 모일 수 있었다. 그렇게 처음으로 다 함께 음악에 동작을 맞춰보았다. 약간의 시간이 필요했지만 처음 치고는 괜찮았다. 느낌이 좋았다.

송년회가 시작되었다. 쉬는 시간과 점심시간 등 틈이 날 때마다 멤버들끼리 모여 공연을 준비하다, 2부가 시작되고 다 함께 무대에 올랐다. 사회를 보시는 분이 내게 질문하셨다.

"댄스팀 이름이 '업앤업'이에요. 무슨 뜻인가요?"

"기분 업! 생각 업! 도전 업! 어떤 일을 하든지 감정이 가장 중요하더라고요. 기분이 좋아야 좋은 생각이 나고, 좋은 생각을 해야 더 좋은 행동, 새로운 도전을 할 수 있게 되는 것 같습니다. 그동안 저희는 함께 춤을 추면서 즐거운 에너지를 가득

충전했고요, 오늘 무대에서 다 나눠드리고 가도록 최선을 다하겠습니다. 감사합니다."

멤버들 모두 자기 위치에 자리를 잡았다. 오십여 명의 사람들이 우리 쪽을 보고 있었다. 한 손에는 촬영을 위해 핸드폰을 들고, 호기심과 기대에 찬 시선으로!

*- 딴딴딴 따따- 딴딴따 따 다-*

노래가 시작되고 공연이 시작되었다. 짝다리 짚고 한쪽 발은 쿵쿵쿵, 고개는 까딱까딱, 두 손은 가슴 앞으로 팔랑팔랑…. 음악에 동작을 맞춰 나갔다. 나도 공연은 처음이었지만 잃을 게 없는 댄서라 크게 긴장되진 않았다. 함께 하는 멤버들이 있어서 오히려 든든했다. 사람들의 환호와 신나는 음악, 즐거운 분위기만 느껴졌다. 살면서 이렇게 온전히 충만한 행복을 누린 적이 있었을까 싶을 정도로, 춤 덕분에 행복하다는 마음만 가득했다.

이 분이 채 되지 않는 음악은 순식간에 지나갔다. 총 여덟 명이 한 무대에 오르기 위해 약 이 주를 준비했다. 시간으로 환산하면 약 288시간이었다. 나를 포함한 멤버들은 종종 꿈에서도 춤을 추곤 했으니, 그런 시간까지 합치면 더 많은 시간이 들어갔을 터였다.

그 시간을 함께 지나오면서 우리는 변화했다. 한 번도 춤춰 보지 않았던 몸으로 안무를 익히고 리듬에 몸을 맡기는 경험을 했다. 사람들 앞에 잘 나서지 않았던 사람도 무대에 선 자신을 온전히 즐겼다. 공연이 끝나고 확인한 사진과 영상 속의 우리는 그 순간 음악과 분위기에 완벽하게 몰입된 상태였다. 미소에는 기쁨과 만족감이 가득했다.

내게는 개인적인 변화도 있었다. 함께 춤추는 재미를 알게 된 거다. 처음 나는 내가 좋아서 혼자 춤을 추기 시작했다. 혼자 학원에서 춤을 배우고, 혼자 연습실에서 춤을 추고, 혼자 스트리트 콘테스트를 준비해 참여했다. 춤추는 동안 나는 대체로 혼자였다. 물론 혼자여도 춤은 즐거웠다.

하지만 이번에 작은 공연을 준비하면서, 다른 사람들과 함께하는 데엔 더 큰 재미가 있다는 걸 새롭게 느꼈다. 게다가 춤추는 우리를 보고 더 많은 사람들이 즐거울 수 있다는 사실은 나를 벅차게 했다.

정말 춤의 매력은 어디까지일까. 내겐 춤의 재능은 없지만, 재능을 운운하며 멈추는 것이 아니라 꾸준함으로 나를 실험해 보기로 했다. 흥미로운 건 재능이 없어도 재미를 느끼고 충분히 즐길 수 있다는 사실이다. 재능은 아예 생각하지 않기로 했다. 있으면 어쩔 거고, 없으면 또 어쩔 건가. 나는 계속 춤을 출 건데! 업앤업과 함께한 댄스 공연으로 내 몸에 새겨진 새로운 기쁨을 오랫동안 기억하려 한다. 몇 년이 걸릴지 모르는, 어쩌면 평생 이어질지 모르는 나의 이 댄스 실험이 성공할 때까지 말이다. 부디 더 많은 사람들이 이 즐거운 실험에 동참했으면 좋겠다.

에필로그

# 그거 알아? 세상에 몸치는 없대

춤을 배우기 전에는 내가 당연히 몸치라고 생각했다. 누군가가 앞에서 동작을 보여줘도 따라 하기 어렵고, 리듬을 타고 몸을 움직인다는 것 자체가 막막했으니까. 학원에 다니면서도 몸치를 극복해보겠다고 부단히 애쓰던 나날이 이어졌다.

그러다 언젠가 새벽, 유튜브 알고리즘이 이끈 영상 하나가 몸치에 관한 생각을 완전히 달라지게 했다. 그 영상의 제목은 바로 「시리즈 M 내가 '몸치'가 된 이유는? 점점 춤을 안 추게 됩니다.」로 2020년 MBC에서 했던 다큐멘터리였다.

"어머, 이건 내 이야기잖아!" 홀린 듯 클릭해서 보게 되었는데, 몸치로 출연한 사람들은 마치 거울 속 나 자신을 보는 것 같았다. 어려운 동작이 나오면 알고 있던 것도 갑자기 잊어버린다는 말이 공감되었고, 그들의 어설픈 춤 동작을 보면서 안

쓰러운 마음이 들기도 했다. 유튜브에 올라온 짧은 영상으로만 보는 게 아쉬워서 유료로 결제해 처음부터 끝까지 영상을 보았다. 그리고 춤과 몸치에 대한 정의를 다시 내리게 되었다.

네이버 어학 사전에서 몸치란 '노력을 해도 춤이나 율동 등이 맞지 않고 어설픈 사람'이라고 정의한다. 이 다큐멘터리에서는 춤을 배울 수 없는 사람, 진짜 몸치로 태어나는 사람은 전 세계 인구의 1.5%로 아주 소수라고 한다. 그렇다면 나는 춤을 배울 수 없는 전 세계 1.5%인 걸까? 그렇지는 않을 것 같았다.

그렇다면 나는 어쩌다 스스로 몸치라고 확신하게 되었을까?

나는 그동안 나에게 이렇게 말하고 있었다. "춤을 추기에는 나이가 너무 많아.", "팔다리가 좀 더 길었으면 동작도 훨씬 멋졌을 텐데, 내 신체 조건으론 어렵겠지." 등. 그런데 영상에서는 내가 하던 말을 정면으로 반박했다. 외모, 나이, 신체 조건은 춤을 잘 추고 못 추는지에 전혀 영향을 미치지 않는다는 거다. 호리호리한 몸매라고 춤을 더 잘 추는 것도 아니고, 젊다고 춤을 더 잘 추는 것도 아니라는 사실은 내게 희망을 주었다. 내게 필요한 건 젊음도 몸매도 아닌 자신감과 꾸준함이 아닐까.

그때부터 나를 몸치라고 단정했던 믿음에 작은 균열이 생겼다.

다큐멘터리 속 몸치들은 꼭 나처럼 어설프게 움직였지만, 그들도 나름의 리듬에 맞추어 춤을 잘 추는 순간이 있었다. 그것은 바로 촬영하지 않겠다고 약속하고, 불을 끈 뒤 아무도 보이지 않는 어둠 속에서 춤을 추게 했을 때였다. 놀랍게도 누군가의 시선이 느껴지지 않는 그 순간만큼은 몸치로 나온 참가자 모두가 리듬에 맞춰 제법 근사하게 춤을 췄다. 자신감 있게 쭉쭉 뻗는 팔 동작, 그리고 리듬을 타며 스텝을 밟는 모습이 인상적이었다.

그런 생각이 들었다. 어쩌면 몸치란 타고나는 게 아니라, 타인의 시선을 과도하게 의식하면서 생겨나는 건지도 모른다고. 생각해보면 어릴 때는 주변 어른들의 넘치는 칭찬과 즐거워하는 모습을 보며 마음껏 춤을 춘다. 하지만 크면서 부끄러움이 생긴다. 게다가 주변의 달라지는 시선과 반응, 그리고 '잘한다 혹은 못한다'라는 평가 기준 아래에 놓이면서 그 경쟁에서 우위를 점하지 못하는 아이들은 점점 춤을 추지 않게 된다.

사실 춤을 춘다는 건 어려운 일이다. 우리가 누군가의 춤을 보고 이해해서 따라 하는 것은 뇌의 입장에서 엄청난 과제다.

타인의 움직임을 거울처럼 따라 하는 신경세포를 거울 신경세포라고 하는데, 다른 사람의 춤을 보고 바로 따라 출 수 있는 사람들은 이 부분이 더 발달하였기 때문이라고 할 수 있다.

반대로도 생각할 수 있다. 거울 신경세포가 덜 발달하여 다른 사람의 동작을 보고 흉내 낼 엄두도 안 나는 사람이 새로운 동작을 따라 하는 데에 성공한다면 그건 엄청난 노력을 동반한, 더 어려운 일을 해낸 거라고 말이다.

한 동작을 처음 배우면 지금껏 없었던 뇌의 경로로 정보가 전달된다. 다큐멘터리에서는 이 과정을 산길로 비유해 설명했다. 낯선 동작을 따라 하는 것은 길이 없는 숲을 걷는 거나 마찬가지라는 거다.

처음에는 걷기 어렵지만 여러 번 지나다니면 길이 생기는 것처럼 춤도 같다. 뇌에서도 같은 연결이 반복되면 관련된 신경회로가 형성되고 이 회로를 따라 정보가 쉽게 전달된다고 하니, 그 수준이 될 때까지 지속하는 수밖에 방법이 없다는 사실을 받아들이기로 했다.

취미를 선택하거나 경력을 확장할 때면, 대부분 자신에게 재능이 없다고 생각되는 분야는 처음부터 제외한다. 혹시나 하는 마음으로 시도를 해 보려고 해도 주변에서 시작하지 말 것을 권하는 경우가 더 많다. 하지만 반드시 그래야 할까? 네이버 어학사전에서는 재능을 '어떤 일을 하는 데 필요한 재주와 능력. 개인이 타고난 능력과 훈련에 의하여 획득된 능력을 아울러 이른다.'라고 정의한다. 재능의 일부는 분명 타고나는 거겠지만, 나머지는 훈련으로 성취될 수 있다는 이야기다. 또 어떤 분야든 완전히 100% 재능이 없는 건 불가능하다는 의미기도 하다. 훈련, 즉 다시 말해 연습은 하면 되는 영역이기 때문이다. 그 사실이 나에게 희망을 주었다. 특출난 재능이 없더라도 연습과 반복으로 조금씩 성장할 수 있다면, 만족감 있는 삶이지 않을까? 성장은 오직 어제의 나 자신과의 비교를 통해서만 알 수 있는 거니까! 춤을 배우고 즐기는 데에는 타고난 재능이 없어도 상관없다고 단순하게 결론을 내리자 마음이 가벼워졌다.

나는 요즘 길이 없는 덤불에 엄청나게 길을 내는 중이다.

성인이 되고 춤을 출 기회가 전혀 없었던 나는 스스로를 몸치라고 생각했다. 학원에서 처음 춤을 배울 때도 누군가가 나를 보고 있다는 자의식이 실제로 나를 더 못 추는 사람으로 만들었다.

몸치라고 생각해 온 나에게, 혹은 우리에게는 새로운 정의가 필요하다.

우리는 몸치가 아니라, 춤을 안 춰본 사람이다.

한 번에 한 곡의 한 동작씩, 차근차근 익혀보면 좋겠다. 불필요한 풀도 뽑고, 돌도 치우고, 같은 방향으로 한 걸음씩 걷고 또 걷고 계속 걷다 보면 언젠가는 주변도 살피고 누군가와 대화도 나누며 걸을 수 있는 편안한 길이 만들어지지 않을까?

나만의 근사한 그 길을 상상해 본다. 그 길 위에서 마음껏 춤을 즐기는 나의 모습을!

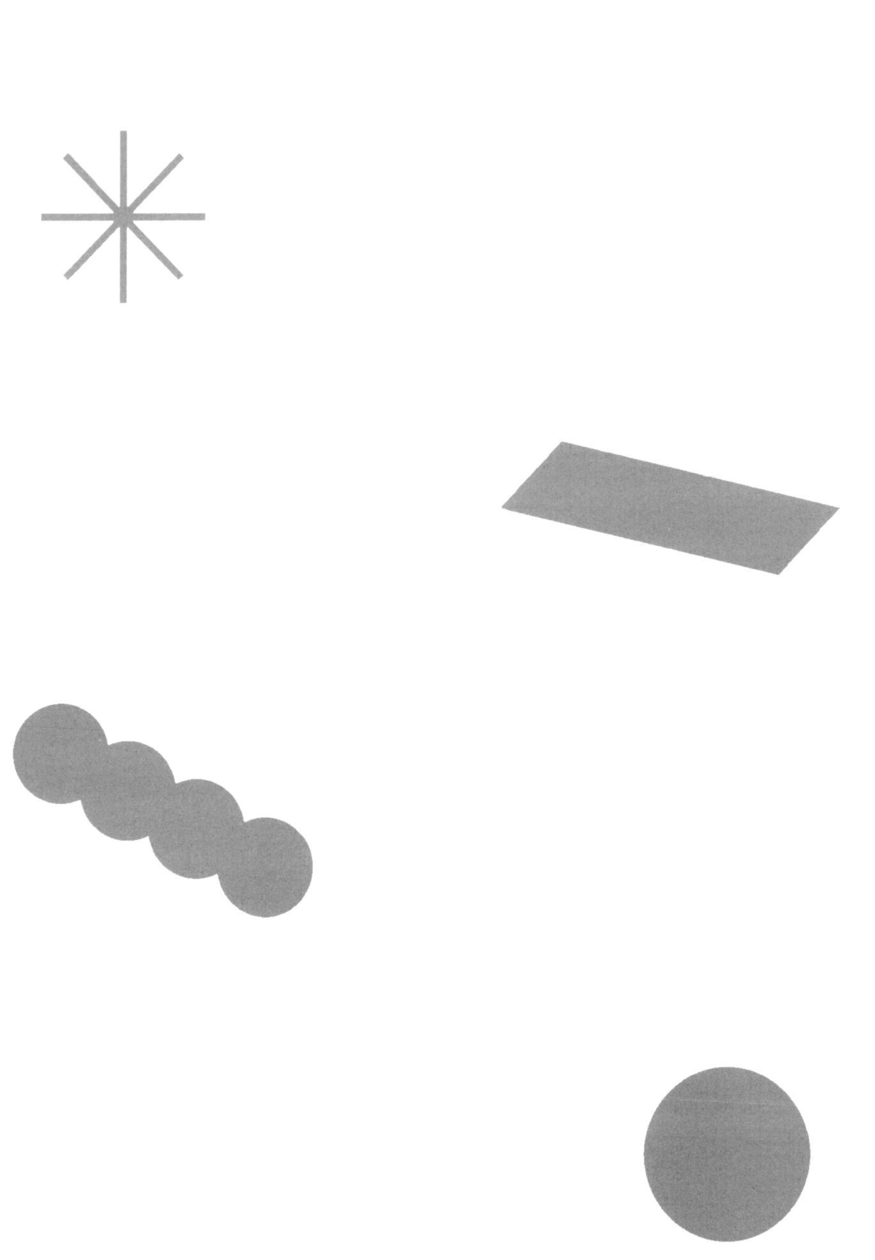

# 나는 춤추는 몸치입니다

잃을 게 없는 몸치의 둠칫둠칫 에세이

초판1쇄발행 2023년 04월 05일
저자 강민영

편집 민지현, 허민정
펴낸곳 도서출판 잇다름
원고투고 itdareum@naver.com
트위터 @itdareum
인스타그램 @itdareum


ISBN 979-11-978801-6-2 (03810)

도서출판 잇다름은 페이퍼케이브의 임프린트 브랜드입니다.